Günter Huth

Der *Schoppenfetzer* und die Satansrebe

Günter Huth wurde 1949 in Würzburg geboren und lebt seitdem in seiner Geburtsstadt. Er kann sich nicht vorstellen, in einer anderen Stadt zu leben. Von Beruf ist er Rechtspfleger (Fachjurist). Günter Huth ist verheiratet und hat drei Kinder.
Seit 1975 schreibt er in erster Linie Kinder- und Jugendbücher sowie Sachbücher aus dem Hunde- und Jagdbereich. Außerdem veröffentlichte er zahlreiche Kurzerzählungen. In den letzten Jahren hat sich Günter Huth vermehrt dem Genre »Krimi« zugewandt und bereits einige Kriminalerzählungen veröffentlicht. 2003 kam ihm die Idee für einen Würzburgkrimi. Der Autor ist Mitglied der Kriminalschriftstellervereinigung *Das Syndikat*.

Die Handlung und die handelnden Personen dieses Romans sind frei erfunden. Jede Ähnlichkeit mit toten oder lebenden Personen oder Persönlichkeiten des öffentlichen Lebens ist nicht beabsichtigt und rein zufällig.

Günter Huth

Der *Schoppenfetzer* und die Satansrebe

Der zehnte Fall des Würzburger
Weingenießers Erich Rottmann

Buchverlag Peter Hellmund

Würzburg im Jahr 1525

Der Bauernaufstand wird durch die Hilfstruppen des Fürstbischofs blutig niedergeschlagen. Ungefähr 8000 Bauern verlieren an den Hängen der Festung Marienberg ihr Leben. Alle Rädelsführer werden hingerichtet oder in Kerkerhaft genommen, darunter auch die Ratsherren der Stadt, die mit den Bauern gemeinsame Sache machten. Unter ihnen befindet sich auch der bekannte Bildhauer Tilman Riemenschneider.

❖

Das Kellerverlies, in das die beiden Kerkerknechte den erschöpften Mann schleppen, ist nicht ganz so düster wie die langen Gänge, durch die er gezerrt worden ist. Er spürt die Hitze auf seinem Gesicht, die von einer Art Esse ausgeht, in der Holzkohlen glühen. Auf den ersten Blick könnte der Keller auch eine Schmiede sein. Aber das Feuer ist nicht dafür bestimmt, Eisen auf dem Amboss formbar zu machen oder Menschen Wärme zu spenden – dies ist die Glut der Hölle. An den Wänden des Kellers hängen zahlreiche Werkzeuge, die bei genauem Hinsehen schnell ihre einzige Bestimmung verraten: Menschen unaussprechliche Qualen zu bereiten.

Fünf Männer erwarten den Gefangenen. Der Gerichtsschreiber, der mit gespitzter Feder hinter einem eichenen Pult steht, blickt dem Delinquenten mit gleichgültiger Miene entgegen. Dieser ist nicht zum ersten Mal in diesem Raum, dessen aus Kalkstein gemauerte Wände vom Ruß der in eisernen Halterungen steckenden Pechfackeln geschwärzt sind.

Auf ein Zeichen des Scharfrichters hin packen zwei der Gesellen den Mann, dessen zerrissene und schmutzige Kleidung davon kündet, dass er sich schon seit längerer Zeit in Kerkerhaft befindet. Er zeigt keinerlei Gegenwehr, als die Männer ihm die Kleidung grob vom Körper reißen.

Der Schreiber sieht auf seine Papiere. „Meister Til, dies ist nun die vierte peinliche Befragung, derer Ihr Euch unterziehen müsst. Zu Beginn wieder die Frage: Seid Ihr nunmehr bereit, Eure Führerschaft beim Aufstand der Bauern gegen unseren hochwürdigen Herrn Fürstbischof zu gestehen? Ihr könntet Euch weitere Torturen ersparen, indem Ihr Eure Schandtaten zugebt. Wenn Ihr Euch weiterhin verstockt zeigt, wird der Scharfrichter das Verhör mit härteren Mitteln fortsetzen.“ Er weist mit dem Finger auf den Henker, der mit vor der Brust verschränkten Armen im Raum steht und den Gefangenen mit grimmiger Miene mustert.

Dieser gibt ein leises Schluchzen von sich, dann schüttelt er jedoch entschieden den Kopf.

Der Schreiber macht sich eine Notiz, dann erklärt er mit emotionsloser Stimme: „Scharfrichter, waltet Eures Amtes.“

Auf einen Wink des Henkers zerren die beiden Knechte den Gefangenen zur Streckbank an der Längsseite des Kerkers.

„Setzt den gespickten Hasen ein!“, befiehlt der Henker knapp. Einer der Knechte holt eine hölzerne Rolle von einem Regal, durch die der Länge nach ein eiserner Stab als Achse hindurchführt. Wie die Rolle zu ihrer ungewöhnlichen Bezeichnung kam, war offensichtlich, denn sie ist gleichmäßig mit langen spitzen Nägeln gespickt. Der Folterknecht fügt die Rolle in eine entsprechende Aussparung in der Streckbank ein. Er kontrolliert, ob sie sich auch leicht drehen lässt, dann packt er den Gefangenen von hinten an den Schultern, während der andere das gleiche an den Beinen macht. Sekunden später liegt der Inhaftierte auf der Streckbank und die Nagelspitzen des gespickten Hasen dringen tief in seinen Rücken. Während die Folterknechte seine Füße und Arme an der Streckvorrichtung der Folterbank festbinden, hallen die Schmerzensschreie des gequälten Mannes von den Wänden des Folterkellers wider. Anschließend tritt der Henker an das seitlich befestigte Rad, mit dem man die Riemen, die an den Handgelenken des Mannes befestigt sind, aufrollen und dadurch eine Streckung des ganzen Körpers erreichen kann – für sich allein schon eine äußerst schmerzhafte Tortur, die durch die Nagelrolle nochmals verstärkt wird.

Der Scharfrichter wirft dem Schreiber einen fragenden Blick zu. Dieser wendet sich an den Gefangenen: „Meister Til, Ihr solltet Euch die Schmerzen durch ein Geständnis ersparen. Es ist ganz einfach. Gesteht und Ihr seid erlöst."

Der Gefangene wirft den Kopf in heftiger Verneinung von einer Seite auf die andere, woraufhin der Schreiber dem Henker ein Zeichen gibt, das Rad zu drehen. Die Schreie des Mannes steigern sich zu einem unmenschlichen Brüllen.

Margarete fuhr erschrocken aus dem Tiefschlaf hoch. Noch immer hallte in ihren Ohren der Schrei, der sie aus dem Schlaf gerissen hatte. Es dauerte einen Augenblick, ehe sie in die Wirklichkeit zurückfand. Sie setzte sich im Ehebett auf und warf einen besorgten Blick hinüber zu ihrem Mann, der sich unruhig im Bett wälzte und dessen Arme krampfartig zuckten.

Sie legte ihre Hand sanft auf seinen Brustkorb und rüttelte ihn leicht. Sein Nachthemd war völlig nassgeschwitzt. „Til, wach auf!", sagte sie leise. Sie musste ihre Worte mehrfach wiederholen, ehe Tilman Riemenschneider mühsam aus seinem schlimmen Albtraum erwachte.

„Es war nur ein Traum", flüsterte sie ihm ins Ohr und drückte seinen Kopf gegen ihre Brust. „Es ist ja alles gut." Sanft wiegte sie ihn in ihren Armen.

Tilman Riemenschneider, der bekannte Würzburger Holzschnitzer und Bildhauer, wurde seit dem Tag vor einem Dreivierteljahr, als er aus der fürstbischöflichen Kerkerhaft entlassen worden war, beinahe täglich von derartig schlimmen Träumen gequält. Es hatte Wochen gedauert, bis es Margarete und dem Wundarzt gelungen war, die körperlichen Wunden und Verletzungen der Folter halbwegs zu heilen. Manche Folgen der Verhöre würden wohl nie mehr verschwinden. Man hatte ihm mehrfach die Schultergelenke ausgerenkt. Noch immer hatte er Schwierigkeiten, sich allein anzukleiden. Unermesslich waren die seelischen Verletzungen. Margarete konnte nur ahnen, was ihr Mann hatte erleiden müssen. Er selbst sprach nicht darüber.

Für sie zählte nur, dass der Fürstbischof dem Mann, dessen vierte Ehefrau sie war, das Leben geschenkt hatte. Dafür hatte er zur Strafe den Großteil seines Vermögens und seiner Ländereien verloren. Die meisten Gesellen seiner einstmals florierenden Werkstatt hatte er entlassen müssen. Und auch das Hausgesinde mussten sie bis auf zwei Mägde reduzieren.

Mit dem Ärmel ihres Nachthemdes wischte Margarete ihm den Schweiß aus dem Gesicht.

„Danke", murmelte er leise und löste sich aus ihrer Umarmung. Schwerfällig erhob er sich und setzte sich auf den Bettrand.

„Wo willst du hin?", fragte Margarete besorgt.

„Schlaf weiter", gab er knapp zurück. „Ich muss einen Schluck trinken. Ich habe einen trockenen Mund." Mit einer langsamen Bewegung strich er sich die langen gelockten Haare aus dem Gesicht, dann griff er zu seinen Beinkleidern.

„Warte, ich helfe dir", sagte Margarete und machte Anstalten, das Bett zu verlassen.

„Lass", gab er fast barsch zurück. Sie wusste, wie sehr er es hasste, seine Gebrechlichkeit vor Augen geführt zu bekommen. Bedrückt blieb sie liegen. Es war für sie nur schwer zu ertragen, dass er nach diesen Träumen von Schlaflosigkeit gequält wurde, die ihn hinunter in seine Werkstatt trieb, wo er dann bis zum Tagesanbruch saß und seine Werkzeuge anstarrte, die er einst so meisterlich zu führen gewusst hatte.

Tilman Riemenschneider verließ das Schlafgemach und tastete sich durch das dunkle Haus in die Küche. An der Glut des Küchenherdes entzündete er einen Kienspan und damit die Kerzen eines Leuchters. Langsam tappte er hinunter in das Kellergewölbe seines Hauses, in dem sich seine private Werkstatt befand. Die große Werkstatt, in der bis vor noch nicht allzu langer Zeit zahlreiche Gesellen gearbeitet hatten, befand sich in einem Anbau des Hofes zum Wolfmannsziechlein in der Franziskanergasse, wo er einstmals als leuchtender Stern am Firmament der bildenden Künste in Würzburg und Umgebung gestrahlt hatte.

Er stellte den Leuchter auf einen Tisch und ließ sich auf einen Hocker nieder. Aus einem Krug schenkte er sich Wein in einen Becher ein und nahm einen Schluck. Der Lichtschein fiel auf die Werkzeuge, die ordentlich an der Wand aufgehängt waren. In eine Werkbank eingespannt, befand sich ein Block aus Lindenholz, der bereits Spuren einer Bearbeitung zeigte. Vorsichtig fuhren seine Finger über das Holz. Monate war es her, dass er einen Stichel und einen Schlegel in der Hand gehalten hatte. Er nahm einen weiteren Schluck.

Um das Jahr 1500 hatte er als Künstler in der näheren Umgebung von Würzburg einen hervorragenden Ruf erlangt und war zu einem wohlhabenden und angesehenen Bürger aufgestiegen. Die Aufträge waren reichlich gekommen, so dass er sie kaum hatte bewältigen können. Er hatte in Würzburg mehrere Häuser besessen, reichlich Grundbesitz mit eigenen Weinbergen und eine florierende Werkstatt. Als er 1504 in den Rat der Stadt Würzburg berufen worden war, befand er sich auf dem Höhepunkt seiner Popularität. Durch diese öffentlichen Ämter und die Privilegien als Ratsherr, die er zwanzig Jahre lang genoss, hatte er nicht nur sein gesellschaftliches Ansehen gemehrt, sondern auch viele große und lukrative Aufträge bekommen. Von 1520 bis 1524 hatte er sogar das Amt des Bürgermeisters der Stadt inne.

Das Übel und sein Niedergang hatten begonnen, als in den zwanziger Jahren des sechzehnten Jahrhunderts auch in Würzburg die Reformation Einzug gehalten hatte.

Der Fürstbischof residierte hoch über der Stadt in der Feste Marienberg und führte ein strenges Regiment gegen alle aufwieglerischen Entwicklungen. Zu jener Zeit hatte der Rat der Stadt mit zunehmender Tendenz immer wieder im Zwist mit dem mächtigen Herrn gelegen. Die Situation war außer Kontrolle geraten, als sich 1525 aufständische Bauern vor der Stadt versammelt hatten, gegen den Fürstbischof ins Feld gezogen waren und dieser schließlich fliehen musste. Die Würzburger Bürger hatten sich mit den Bauern verbündet, aber mit diesen eine schreckliche Niederlage erlitten, als das Bauernheer in einer großen Schlacht vernichtet wurde. Die Erde des Schlachtfelds war vom Blut der getöteten Bauern getränkt worden. Die Truppen des Fürstbischofs hatten die Stadt angegriffen und zurückerobert. Der Fürstbischof hatte grausames Gericht unter den Bürgern gehalten und deren vollständige Unterwerfung gefordert. Auch die beteiligten Ratsherren waren eingekerkert und teilweise grausam bestraft worden.

So war auch Tilman Riemenschneider in Haft geraten und gerichtet worden. Zwar war er mit dem Leben davongekommen, hatte aber große Teile seines Hab und Guts verloren – und auch seinen guten Ruf als Künstler. Seine meist kirchlichen Auftraggeber hatten ihn links liegen lassen und so dafür gesorgt, dass er immer mehr in Vergessenheit geraten war.

Tilman Riemenschneider erhob sich schwerfällig und ging in die Ecke seiner Werkstatt, wo sich das Steinlager befand. Der hochgewachsene Mann ging dabei so gebeugt, als müsse er eine schwer Last auf seinen Schultern tragen. Der gesellschaftliche Absturz hatte seine Seele zerstört. Freunde, die einstmals gern seine Gesellschaft gesucht und seine Gastfreundschaft genossen hatten, mieden ihn und sein Haus.

Riemenschneider war ein gläubiger Mensch gewesen. Die Folgen seiner Haft und seiner Bestrafung hatten jedoch seine Gesinnung gewandelt. Was der hohe Herr auf der Festung im Namen Gottes für Grausamkeiten an den Bauern, den Menschen der Stadt und letztlich auch an ihm begangen hatte, war einfach nicht zu verzeihen.

Tilman Riemenschneider betrachtete die Steine, die in verschiedenen Größen vorrätig waren. Er entschied sich schließlich für eine kleine Tafel aus Kalkstein, die ihm für seine Zwecke geeignet erschien.

Er setzte sich wieder auf seinen Hocker und vertiefte sich in die Maserungen der Steintafel. Er wollte ein letztes Werk schaffen, das er jenen widmen würde, die an seinem Unglück Schuld trugen. Kein Werk der Liebe und der Verehrung

Gottes, wie es immer seine Motivation gewesen war. Nein, in diese Arbeit wollte er all den Hass und den Zorn hineinlegen, den er tief in seinem Inneren empfand. Er wollte ein Werk schaffen, das den Fluch verkörpert, mit dem er Tag und Nacht in seinen schmerzerfüllten, schlaflosen Nächten die verhasste Obrigkeit auf dem Marienberg belegte.

Meister Til spannte die Steintafel in eine Werkbank ein, dann suchte er sorgfältig einen geeigneten Meißel aus. In seinem Kopf war schon seit Tagen ein Bild herangereift, das er nun zu realisieren gedachte. Dies sollte seine letzte Bildhauerarbeit werden. Mit steifen Fingern führte er die ersten Schläge mit dem Holzschlägel aus. Niemand würde dieses Werk vor seinem Tod zu Gesicht bekommen.

Fast 500 Jahre später in Würzburg

Der Mann betätigte den Lichtschalter und die paarweise angeordneten Neonleuchten ergossen ihr grelles Licht über die Regale, Schränke und aufgestapelten Kisten. Dieser Raum war einer der zahlreichen klimatisierten Magazinräume des Mainfränkischen Museums, in denen eine Vielzahl von Exponaten aufbewahrt wurde, die noch nie den Weg in die Ausstellungsräume des Museums gefunden hatten.

Der Mann musste sich keine große Mühe geben, seinen Aufenthalt in diesem Bereich des Museums zu verheimlichen. Er besaß völlig legal einen Schlüssel. Zudem war es Montag und das Museum für den Publikumsverkehr geschlossen. Es war bereits nach 19 Uhr und die Wahrscheinlichkeit, dass sich um diese Uhrzeit jemand vom wissenschaftlichen Personal hierherverirrte, tendierte gegen null.

Schnell hatte er den gesuchten Gegenstand gefunden. Der Grabstein lagerte fachmännisch auf mehreren gepolsterten Balken und war sorgfältig abgedeckt. Der Mann lüftete die Folie und warf einen flüchtigen Blick auf die vom Zahn der Zeit stark angegriffene Inschrift:

„*Anno domini 1531 am abent Kiliani starb der ersam und kunstreich Tilman Riemenschneider bildhauer, burger zu Würzburg, dem got genedig sey. Amen.*“

An der Decke des Raumes befand sich eine Laufkatze, mit deren Hilfe sich schwere Gegenstände in diesem Magazin heben und bewegen ließen. Der Mann führte zwei stabile, weich gepolsterte Gurte unter dem Stein hindurch und betätigte die Hebevorrichtung. Als er den Stein an der Außenkante anhob, um ihn erst auf die Seite zu stellen und dann auf die Vorderfront zu legen, traten ihm vor Anstrengung die Sehnen am Hals hervor. Er keuchte. Schließlich hatte er es geschafft. Langsam ließ er die Steinplatte wieder herab. Nun holte er aus der mitgeführten Werkzeugtasche einen Akkubohrer, der mit einem sehr dünnen Steinbohrer bestückt war. Er nahm kurz Maß, dann setzte er den Bohrer an. Das Material war nicht sonderlich hart und der Bohrer drang problemlos ein. Nach wenigen Zentimetern fuhr der Bohrer ins Leere. Er war offensichtlich richtig informiert: In der Rückseite des Grabsteines befand sich tatsächlich ein Hohlraum. Der Mann legte den Bohrer in die Tasche zurück und griff sich einen spitzen Meißel und einen Holzschlägel. Mit wenigen gekonnten Schlägen vergrößerte er das Loch. Bei jedem Schlag sprangen Steinsplitter von der Grabplatte ab.

Als er das Loch vorsichtig so weit geöffnet hatte, dass er in den Hohlraum sehen konnte, holte er eine Taschenlampe hervor und leuchtete hinein. Ein zufriedenes Grunzen entfuhr ihm. Seine Mühe wurde belohnt: Hinter der Rückwand waren die Konturen eines kleinen Steinreliefs zu erkennen. Vorsichtig arbeitete er weiter. Jetzt waren auch die Konturen eines steinernen Einsatzes zu erkennen, mit dessen Hilfe der Steinmetz, der diesen Grabstein einst geschaffen hatte, den Hohlraum im Stein geschickt verschlossen hatte – so kunstfertig, dass man auch bei genauerer Betrachtung keine Anschlussstellen erkennen konnte. Schon bald hatte er diesen Deckel so weit entfernt, dass er eine kleine Steintafel entnehmen konnte.

Aus dem Stein war ein Bildnis herausgearbeitet, das so gut erhalten war, als hätte man es erst gestern in sein Versteck gelegt. Er hielt sich aber nicht lange mit der Betrachtung auf, weil er möglichst schnell wieder von hier verschwinden wollte. Die Tafel schlug er in ein weiches Handtuch ein und schob sie in ein leeres Seitenfach seiner Werkzeugtasche. Dieser Fund war von unschätzbarem Wert. Jetzt machte sich der Mann daran, seine Spuren zu beseitigen. Er kehrte die Steinsplitter zusammen und füllte sie in den Hohlraum der Platte. Aus seiner Tasche holte er die bereits fertige Mischung eines Schnellbinderbetons, aus einer Plastikflasche goss er Wasser in das Pulver und rührte gründlich mit einem Spachtel um. Dann goss er den Brei in den Hohlraum im Stein. Wenige Minuten später war das Loch ausgegossen. Weil er zudem ein Farbpulver untergemischt hatte, war der ausgetrocknete Beton vom natürlichen Stein der Grabplatte bei flüchtigem Hinsehen kaum zu unterscheiden. Sobald der Beton ausgehärtet war, konnte er die Grabplatte wieder umdrehen und endlich verschwinden.

❖

Der international bekannte amerikanische Regisseur Christos Kelleroulos, dessen Wurzeln im unterfränkischen Rimpar lagen, schob mit einem heftigen Ruck den Schild seiner Baseballkappe nach hinten und wischte sich mit einem knallroten Stofftaschentuch den Schweiß von der Stirn. Dann sprang er trotz seiner durchaus fülligen Figur mit einer unerwarteten Dynamik, um nicht zu sagen überraschenden Leichtigkeit aus seinem Klappstuhl. Alle Beschäftigten am Filmset zogen ruckartig den Kopf ein und bewegten sich unauffällig außer Reichweite des Filmemachers. Diejenigen unter ihnen, die schon öfters mit ihm gearbeitet hatten, wussten, dass sich Kelleroulos' recht dünner Geduldsfaden kurz vor dem Zerreißen befand. Sein Gesicht unter dem dicht an den Kopf gegelten Haar hatte eine unnatürliche rote Farbe angenommen. Kelleroulos war bei der Arbeit ein wahrer Vulkan, der zu heftigen Ausbrüchen neigte. Ein solcher stand offenbar kurz bevor.

„Cut! Cut!", schrie er mit sich überschlagender Stimme und wedelte dabei heftig mit den Armen in der Luft herum, wobei er fast einen Scheinwerfer umgeworfen hätte. „No, no, so geht des fei werkli nit!" Seit Kelleroulos sich wieder in heimischen Gefilden aufhielt, vermischte er mit einer gnadenlosen Selbstverständlichkeit breites Amerikanisch mit unterfränkisch-ländlichem Dialekt – für diejenigen seiner Filmcrew, die er aus den Staaten mitgebracht hatte, nicht gerade einfach zu verstehen. Aber das war dem Meister egal. Kelleroulos schob den Kameramann, der mit der Handkamera am Boden kniend gerade eine Szene aufnehmen sollte, so heftig zur Seite, dass dieser fast umfiel.

„Mister Rottmann, ich hab's Ihne jetzt doch scho zum dritte Mal explained. Sie komme zügich von links, lasse Ihrn Dog, ich meen des Hündle, ordentlich rechts an der Leine geh und halte Ihr Pfeife in der linke Hand. Dann mache Se en Schwenk to the right in Richtung von dem Eingang vom Maulaffenbäck. Dort klopfe Se Ihr Pfeife in dem Aschebecher da vorne aus. Dabei müsse se carefully druff acht, dass mer Ihre rechte Seite gut sieht, sonst kann der Kameramann des Ausklopfe nit in der gewünschte Großaufnahme eicatch. You know? Anschließend stecke Se die Pfeife in Ihre Jacketasche und entern mit Ihrm Hündle die Weinstube. Damit wär die Szene dann endlich im Kaste und wir für heut da herause in der Maulhardgass ready. Des kann doch realy nit so schwer sei! Also, jetzt concentration Se sich! Des muss jetzt klapp, sonst bekomme mer da in dere düstere Gasse Probleme with the light, ich meen mit dem Licht!"

Erich Rottmann fuhr sich gereizt durch seinen kurzen Haarschopf. Er verfluchte den Tag, an dem er sich von dem bekannten Würzburger Sensationsreporter Schöpf-Kelle hatte überreden lassen, in diesem Film eine kleine Rolle zu übernehmen. Rottmann hatte es zuerst gar nicht glauben wollen, als er erfuhr, dass eine solche Filmgröße wie Christos Kelleroulos bereit war, bei einem Film Regie zu führen, für den Schöpf-Kelle das Drehbuch geschrieben hatte und der in Würzburg spielen sollte – bis er dann herausbekommen hatte, dass Kelleroulos ein Vetter zweiten Grades von Schöpf-Kelle war. In jungen Jahren war er aus Rimpar aufgebrochen, hatte auf einer Filmakademie in den Staaten das Handwerk von der Pike auf gelernt und später unter seinem Künstlernamen in den USA als Regisseur Karriere gemacht. Nur deshalb und weil Kelleroulos Heimweh hatte und gerne wieder einmal ein paar Wochen in seiner Heimat verbringen wollte, war es Schöpf-Kelle gelungen, ihn zu beschwatzen, diesen Film mit dem Titel „Der Mörderschoppen“ zu drehen. Nach Schöpf-Kelles Vorstellungen sollte die Geschichte ausschließlich an Schauplätzen in Würzburg und Umgebung und – wegen der Authentizität – mit unterfränkischen Darstellern gedreht werden. Der Ausgangspunkt der Geschichte war der Maulaffenbäck, eine der ältesten und traditionsreichsten Weinstuben der Stadt. Einige Laiendarsteller standen nach der Vorstellung des Drehbuchautors von Anfang an fest: Erich Rottmann und sein Stammtisch *Die Schoppenfetzer*. Es hatte eine riesige Begeisterung unter den Mitgliedern des Stammtisches ausgelöst, als sie von ihrer Berufung erfahren hatten. Dass sich besonders Rottmann zu dieser Sache bereit erklärt hatte, grenzte an ein Wunder. Alle anderen Schauspieler, die selbstverständlich Profis waren, mussten ihre unterfränkischen Sprachkenntnisse im Rahmen eines harten Castings unter Beweis stellen.

Was war der eigentliche Grund dieses wagemutigen Projekts? Der Bayerische Rundfunk hatte aus unerfindlichen Gründen und für die bayerische Filmszene völlig überraschend seine bisher gepflegte Ignoranz gegenüber Unterfranken als Spielort von Fernsehfilmen aufgegeben. Insider vermuteten, dass der Grund dafür war, dass Hollywood einen Großteil seiner Neuverfilmung des Klassikers „Die drei Musketiere“ in Würzburg abgedreht hatte und dieser Film weltweit ordentlich Kasse machte. Jedenfalls beauftragte der BR irgendwann die kleine, aber leistungsfähige Produktionsgesellschaft *RMP – Rümprer Movie Production*, das Drehbuch von Schöpf-Kelle umzusetzen. Besonders verwunderlich war, dass man den Film sogar mit einem ordentlichen Budget ausgestattet hatte. Es wurden auch keine Einwände erhoben, als der Drehbuchautor und der Regisseur wegen der von ihnen angestrebten Authentizität darauf bestanden, in einigen kleineren Rollen geeignete Laiendarsteller einzusetzen. *Die Schoppenfetzer* als unterfränkische Patrioten hatten natürlich die bisherigen kläglichen Versuche des öffentlich-rechtlichen Fernsehens, Fränkisches auf die Mattscheibe zu bringen, schmerzlich zur Kenntnis genommen. Nach einem langen Abend am Stammtisch mit viel Wein und langen Gesprächen mit Autor und Regisseur hatten sich die Stammtischbrüder dann breitschlagen lassen, einen neuen Versuch zu starten.

Im Augenblick drehte die Filmcrew gerade die Szenen, in denen Rottmann und Öchsle und später auch der Stammtisch eine Rolle spielten.

In groben Zügen ging es bei der Story darum, dass der Stammtisch an einem Abend den Geburtstag eines seiner Mitglieder feierte. Dabei handelte es sich um die Filmfigur Dr. Bernhard Schlegelmilch, den ehemaligen Leiter der Staatsanwaltschaft Würzburg, dargestellt von Horst Ritter. An dem

Abend kommt Ritter alias Schlegelmilch später zum Stammtisch als gewohnt. Nachdem er einen kräftigen Schluck von seinem Schoppen genommen hat, verschwindet er auf der Toilette. Als er nach geraumer Zeit nicht zurückkommt, muss der Schoppenfetzer Arno Wegner, gespielt von Xaver Marschmann, nach dem Verbleib des Stammtischbruders sehen. Er findet ihn dort zusammengebrochen vor. Der sofort verständigte Notarzt kann nur noch seinen Tod feststellen.

Erich Rottmann verkörpert mit der Filmfigur Arno Falk praktisch sich selbst. Laut Drehbuch verständigt Falk sofort die Polizei, die ihre Ermittlungen aufnimmt. An dieser Stelle endet die Aufgabe Rottmanns und der Stammtischbrüder. Den Rest erledigen die Profi-Kommissare, dargestellt von echten unterfränkischen Schauspielern.

Die Maulhardgasse war für den Dreh völlig abgesperrt worden, da die Ausrüstung der Filmcrew die gesamte Breite der Gasse in Anspruch nahm. Hinter den Absperrungen hatten sich zahlreiche Schaulustige eingefunden, die neugierig das Geschehen verfolgten. Rottmann hatte zu seiner großen Freude schon einige seiner Bekannten gesehen, die ihm zuwinkten. Er konnte sich sehr gut vorstellen, was da hinter vorgehaltener Hand geflüstert und gelästert wurde. Wenn er sich nicht sehr täuschte, hatte er in der Menge auch Elvira Stark ausgemacht. Das hätte er sich ja denken können, dass sich seine ehemalige Jugendliebe den Anblick eines schauspielernden Erich Rottmann nicht entgehen lassen würde. Von ihm hatte sie es zwar nicht erfahren, aber die örtlichen Medien berichteten sehr ausführlich über das große Filmereignis.

Öchsle stand etwas verloren zwischen den vielen Menschen und ließ seine Rute hängen. Laut Drehbuch musste er in den Szenen an der Leine gehen, was der Rüde ja gar nicht gewohnt war.

„Öchsle“, sagte Rottmann leise, während er sich zu seinem Hund herunterbeugte, „da müssen wir jetzt durch. Ich gebe mir auch richtig Mühe, damit ich mich nicht wieder vertue. Wenn wir das überstanden haben, gibt’s für uns beide eine ordentliche Portion Leberkäs.“ Öchsle rang sich ohne große Begeisterung einen schwachen Schwanzwedler ab.

Kaum hatte sich Rottmann wieder aufgerichtet, kam auch schon die Maskenbildnerin angerauscht. In der einen Hand hielt sie eine Puderdose, in der anderen einen Schminkpinsel. Ohne viel Federlesens baute sie sich vor Rottmann auf. „Jetzt halten Sie doch mal still!“ Mit schnellen Pinselstrichen bearbeitete sie sein Gesicht. „Sie dürfen nicht so viel schwitzen“, mahnte sie spitz, „sonst verläuft Ihr ganzes Make-up!“

Rottmann zog eine Grimasse. „Sie haben leicht reden. Wir haben Sommer und dann noch die Hitze von den Scheinwerfern. Das ist ja schlimmer als in einer Sauna!“

„Attention, Attention, Ladies and Gentlemen“, tönte da auch schon wieder die knarrende Stimme des Regisseurs aus einem Megafon, „alles auf Position, please! Herr Rottmann, un mir reiße uns jetzt a little bit zamm! Okay?“

Rottmann nickte ergeben, lockte Öchsle und begab sich an den Ausgangspunkt der kurzen Wegstrecke, die er vor der Kamera zurückzulegen hatte. Mit Schrecken dachte er an die ihm noch bevorstehenden Innenaufnahmen im Maulaffenbäck. Bei diesen kam erschwerend hinzu, dass er dabei auch noch an drei Stellen Text zu sprechen hatte. Nicht viel, nur ein paar Sätze. Aber wenn er daran dachte, wie lange es gedauert hatte, bis er sie sich in den letzten Tagen eingetrichtert hatte, trat ihm schon wieder der Schweiß auf die Stirn. Rottmann riss sich zusammen, blendete alle störenden Gedanken aus und konzentrierte sich.

Der Regisseur vergewisserte sich, dass alle Kameras liefen

und der Ton bereit war, dann gab er Rottmann ein Zeichen und rief: „Action!“

„Szene 13, Aufnahme 5“, rief der Regieassistent und schlug mit einem klatschenden Geräusch die Filmklappe zusammen. Nun war Rottmann dran. Er und Öchsle legten nun zum fünften Mal dieselbe Wegstrecke zurück. Der Kameramann lief gebückt mit der Handkamera vor ihm her. Rottmann war so konzentriert, dass er das Kommando „Stopp!“, das Kelleroulos am Ende der Strecke fast jubelnd ausrief, gar nicht mitbekam.

„Alles okay, Mister Rottmann, die Szene ist im Kasten.“ Er nahm das Megafon wieder an den Mund und schmetterte in die Gasse: „A shorts Päusle, dann bauen wir im Lokal auf.“ Zu Rottmann gewandt erklärte er: „Sie hamm jetzt a guts Stündle Pause, dann geht's drinne weiter.“

Erich Rottmann atmete auf. Es wurde höchste Zeit, sich ein paar Kalorien zuzuführen. Bei diesem Filmstress fiel man ja regelrecht vom Fleisch. Er bückte sich und erlöste Öchsle von der Leine. Sofort vollführte der Rüde ein paar Freudensprünge, die so lustig aussahen, dass einige Leute hinter der Absperrung spontan applaudierten.

Rottmann betrat den Metzger seines Vertrauens an der Ecke der oberen Maulhardgasse und besorgte sich eine ordentliche Portion seines Grundnahrungsmittels. Darauf schwor der Exkommissar, denn er war der Überzeugung, dass es die Basis für seine widerstandsfähige Gesundheit bildete. Mit dem Fresspaket in der Hand betrat der ehemalige Leiter der Würzburger Mordkommission seine Stammweinstube und schlängelte sich durch die herumwuselnden Filmleute zum Hinterzimmer. Der Maulaffenbäck war während der Filmaufnahmen für die Öffentlichkeit geschlossen – ein Umstand, der in den letzten Tagen bei einigen Stammgästen für Unmut gesorgt hatte.

Im Hinterzimmer saßen die Mitglieder des Stammtisches um einen Ecktisch geschart und genehmigten sich in bester Laune ihre obligatorischen Schoppen. Aus ihrer Stimmung war zu schließen, dass es für alle nicht das erste Glas war. An ihren gewohnten runden Stammtisch in der Gaststube konnten sie im Augenblick nicht ran, weil der für die Filmaufnahmen hergerichtet werden musste. Anni, die Bedienung im Maulaffenbäck, war auch als Komparsin verpflichtet worden. Sie hatte ihr feschestes Dirndl angezogen und war bereits geschminkt. Obwohl sie keine Sprechrolle hatte, war sie sichtlich nervös.

„Na, Erich", begrüßte Ron Schneider seinen Stammtischbruder, „hat Hollywood schon angerufen?" Die anderen lachten.

Rottmann zog eine Grimasse und ließ sich am Tisch nieder. „Ich kann euch sagen, da löse ich lieber den kniffligsten Kriminalfall, als mich hier zum Affen zu machen", grantelte er und legte sein Fresspaket auf den Tisch. Anni reichte ihm Besteck und einen Teller. Rottmann bediente sich aus einer offenen Weinflasche auf dem Tisch. Der Wirt hatte zur Feier des Tages den Wein spendiert.

Öchsle ließ sich unter Rottmanns Platz nieder. Der schmeichelnde Duft des Leberkäses drang durch die Umhüllung der Alufolie und kitzelte seine Geschmacksnerven. Aus seinem Maul tropfte Speichel auf den Boden.

Rottmann erlöste seinen vierbeinigen Freund von seinen Qualen, indem er ihm einen Brocken Leberkäs hinunterreichte. Dann begann er selbst mit großem Appetit zu essen. Die Vorstellung, hier am Stammtisch an einem vergifteten Schoppen zu sterben, wie es das Drehbuch für „Dr. Schlegelmilch" vorsah, war für den Schoppenfetzer ein grausiger Gedanke.

Rottmann wurde sehr schnell in die Realität zurückgeholt, als einer der Filmmenschen durch die Schiebetür hereinblickte und rief: „Meine Herren, bitte kommen Sie. Wir müssen eine Beleuchtungsprobe durchführen."

Schnell schluckte Rottmann den letzten Bissen hinunter und spülte mit einem reichlichen Schluck Silvaner nach. Man konnte nicht einmal in Ruhe essen. Die Stammtischbrüder erhoben sich polternd von ihren Stühlen und eilten zum Set.

❖

Es war Neumond und trotz eines heftigen Gewitterschauers noch schwülwarm. Die Straßenlaternen des unteren Teils der Trautenauer Straße hatten Mühe, mit ihrem Licht das dichte Laub der Alleebäume zu durchdringen.

Der schwarze Geländewagen einer deutschen Nobelmarke parkte schon seit fast zwei Stunden auf der rechten Straßenseite oberhalb des Grünewald-Gymnasiums vor dem Gittertor eines unbebauten Grundstücks. In der Dunkelheit fiel das schwarze Fahrzeug kaum auf. Das Kennzeichen war sehr verschmutzt und unleserlich. Von dieser Stelle aus hatte der dunkel gekleidete Fahrer gute Sicht auf das knapp hundert Meter entfernt gelegene Anwesen auf der anderen Straßenseite. Jetzt, kurz vor Mitternacht, war die Straße kaum befahren. Auf dem Beifahrersitz lag ein kleines Fernglas, dessen zehnfache Vergrößerung dem Mann die Vorderseite und den Vorgarten des Hauses erschloss. Alle Fenster des Hauses waren finster. Der Bewohner, der, wie der Beobachter wusste, dort allein lebte, war noch nicht nach Hause gekommen. Nach seinen Recherchen befand er sich auf einer Feier. Dennoch war der Mann, der sich zum Rächer berufen fühlte, extrem vorsichtig. Ein einziger Fehler, eine unüberlegte Handlung und sein ganzer Plan würde scheitern.

Der Mann warf einen Blick auf die handliche Sporttasche aus dunkelblauem Stoff, die auf dem Beifahrersitz lag. Sie enthielt alles, was er für sein Vorhaben benötigte. Er legte seine rechte Hand auf den festen Stoff. Als er eine leichte Bewegung im Innern spürte, huschte der Anflug eines Lächelns über sein Gesicht. Mit einem Handgriff langte er in seine Jackentasche und holte ein paar kräftige Gummihandschuhe heraus, die er sich überstreifte. Der Rächer prüfte nochmals eingehend, ob er allein auf der Straße sein würde. Dann nahm er die Tasche, öffnete die Fahrertür und stieg aus. Um das bestätigende Intervallleuchten der Blinker zu unterbinden, schloss er die Wagentür nicht mit der Fernbedienung, sondern mit dem Schlüssel ab. Dann überquerte er zügig die Fahrbahn und näherte sich dem Anwesen. Das Haus war von einer mannshohen Hecke umgeben. Der nächtliche Besucher drückte die Klinke des Gartentors herunter und trat ein. Sofort wurde er vom Schatten der hochwüchsigen Büsche aufgenommen, die den zum Hauseingang führenden Plattenweg begleiteten. An der Haustür blieb er kurz stehen und lauschte. Das Geräusch, das seine Aufmerksamkeit erregt hatte, war das kurze verschlafene Zwitschern eines Vogels, dessen Nachtschlaf er gestört haben mochte. Dann trat wieder Ruhe ein. Ein Namensschild am Türrahmen bestätigte ihm, dass er an der richtigen Adresse war.

Durch seine Recherchen wusste der Rächer, dass das Haus keine Alarmanlage besaß. Auch ein Hund, der seinen Plan hätte durchkreuzen können, war nicht vorhanden. Er griff in die Seitentasche und holte einen kleinen Gegenstand heraus, führte die zwei Stifte, die an dem Kästchen hervorragten, in das Türschloss ein und betätigte einen Schalter. Ein leises, hektisches Schnarren ertönte, dann wechselte eine Leuchtdiode auf der Oberseite des Geräts von Rot auf Grün. Mit einem kaum hörbaren Knacken ging das Schloss auf und die Tür schwang nach innen. Angespannt starrte er in den schwarzen Hausflur. Fast eine Minute lang blieb er regungslos stehen und lauschte. Beiläufig nahm er den Geruch des Hauses in sich auf: eine Mischung aus abgestandener Luft und dem Hauch eines herben Herrendufts. Schließlich trat er ein und schloss die Tür lautlos hinter sich. Im Schein seiner schwach leuchtenden Taschenlampe erkundete er den Flur. Auf der rechten Seite führte eine Steintreppe in das obere Stockwerk, gegenüber befand sich eine schmale Tür, auf der eine Comicfigur darauf hinwies, dass sich dort die Toilette befand. Danach kam die Garderobe. Gegenüber dem Hauseingang führte eine weitere Tür in die Wohnräume.

Die weichen, profillosen Sohlen seiner Sportschuhe verursachten auf dem Nadelfilz des Flures keinerlei Geräusche, als er durch die Tür trat. Wieder blieb er stehen und lauschte. Lediglich das Ticken einer Uhr unterbrach die Stille. Urplötzlich empfand der Rächer ein starkes Gefühl der Macht: Macht über dieses Haus und damit auch über seinen Bewohner. Gemächlich nahm er die Räumlichkeiten des Untergeschosses in Augenschein: Küche, Wohnzimmer, Esszimmer, daran angeschlossen eine großflächige Veranda an der Hinterseite des Hauses. Die Wohnung war ordentlich, fast pedantisch aufgeräumt. Der Lichtstrahl der kleinen Lampe fiel auf Plastiken und Bilder. Der Rächer verstand zwar nicht allzu viel davon, aber dass sie wertvoll waren, davon war er überzeugt. Er wusste, dass der Eigentümer Kunstsammler war und sich dieses Hobby auch leisten konnte. Der Mann zuckte mit den Schultern. Er war nicht hier, um sich zu bereichern. Sein Ziel war ein anderes. Ohne etwas berührt zu haben, verließ er den unteren Bereich der Wohnung, schloss die Tür hinter sich und betrat die Treppe zum oberen Stockwerk.

Hier befanden sich zwei Schlafräume und eine Bibliothek, die wohl auch als Arbeitszimmer diente. In den Regalen der Bibliothek standen Bücher über viele Meter. Auf einem massiven Eichenschreibtisch lag ein geschlossener Laptop. Zwischen den beiden Schlafräumen, von denen der kleinere offenbar als Gästezimmer genutzt wurde, befand sich ein Bad, zu dem vom größeren Schlafraum aus eine Verbindungstür führte. Durch eine weitere Tür gelangte man in einen geräumigen begehbaren Kleiderschrank. Auf der einen Seite befanden sich, farblich sortiert, Anzüge und in einem Regal gebügelte Hemden. Gegenüber in einem weiteren Regal standen zahlreiche Schuhe.

Der Rächer ging zurück in den Schlafraum und blickte eine Zeit lang auf das großflächige Doppelbett, das ebenfalls korrekt gerichtet war. Nach wenigen Minuten stand sein Plan fest. Er betrat wieder den begehbaren Kleiderschrank und setzte sich auf einen kleinen Hocker. Aus der Tasche zog er einen Elektroschocker und legte ihn neben sich. Die Tür zum Schlafraum ließ er angelehnt, so dass er Geräusche aus dem Haus gut hören konnte. Der Rächer war bereit.

❖

Rechtsanwalt Theodor Friedrich Seibold liebte Gesellschaft, besonders die von deutlich jüngeren Damen. Das gab ihm das Gefühl, ebenfalls jung zu sein und dem Alter trotzen zu können. Als er die Einladung zur Promotionsfeier der Tochter eines Kollegen erhalten hatte, hatte er mit Freude zugesagt, weil er sich sicher war, dort jede Menge ansprechende Weiblichkeit anzutreffen. Seibold sah man seine zweiundsechzig Jahre definitiv nicht an. Mit seinen Einmeterfünfundachtzig und der schlanken sportlichen Figur ging er locker als zehn Jahre jünger durch. Dazu kam, dass er sich in seiner Freizeit betont jugendlich kleidete. Seinen immer noch vollen Haaren half er mit etwas Tönung auf die Sprünge, damit das Dunkelblond durch keine graue Strähne beleidigt wurde. Allenfalls an den Schläfen gestattete er sich ein paar silbrige Fäden.

Die Promotionsfeier fand im Haus einer Würzburger Studentenverbindung in der Rottendorfer Straße statt. So ungefähr bis Mitternacht lief die Feier einigermaßen geordnet ab, da aber der Alkohol reichlich floss, wurden die Gäste immer ausgelassener. Die Musik dröhnte aus den geöffneten Fenstern und beschallte die Straße.

Seibold hatte einem ausgesprochen fruchtigen Riesling reichlich zugesprochen und dazwischen einige Cocktails geleert. Nachdem er sich in der letzten Stunde ausgiebig einer Jurastudentin im letzten Semester gewidmet hatte, musste er, als er von einem Toilettenbesuch zurückkam, feststellen, dass die junge Dame verschwunden war. Als irgendwann später zwei Polizeibeamte im Saal standen und nicht unfreundlich, aber sehr nachdrücklich auf einer Reduzierung des Lärms bestanden, beschloss Seibold, die Feier zu verlassen. Er kannte die Signale seines Körpers und wusste, wann er genug hatte.

Seibold verabschiedete sich von der ebenfalls betrunkenen Gastgeberin, dann trat er in die Dunkelheit hinaus. Die nächtliche Brise kühlte sein erhitztes Gesicht.

Von der Studentenverbindung bis zu seinem Haus war es ein Fußweg von fünfzehn Minuten. Zügig marschierte er die Straße hinauf. Jetzt, an der frischen Luft, bekam er die Wirkung des Alkohols heftig zu spüren. Ihm fiel auf, dass der Asphalt des Gehsteigs hier sonderbarerweise erhebliche Wellen schlug, denen auszuweichen ihm nur durch gekonntes Gegensteuern gelang.

Am Letzten Hieb – eine Ortsbezeichnung aus Würzburgs mittelalterlicher Vergangenheit, als verurteilte Menschen hier vorbei zum wenig entfernten Galgenberg zur Hinrichtung geführt wurden – blieb er erneut kurz stehen und atmete durch, dann marschierte er die Wittelsbacher Straße hinunter. Es bedurfte seiner ganzen Konzentration, da hier der Gehsteig plötzlich eine spürbare Schräglage bekam.

Er kicherte leise vor sich hin. Eigentlich hatte er in Bezug auf Alkohol ganz gute Nehmerqualitäten, aber diesmal war er offensichtlich am Limit angelangt. Kurz dachte er an seine gutaussehende Gesprächspartnerin der letzten Stunde. Vor zwanzig Jahren wäre sie ihm sicher nicht entwischt. Er machte eine wegwischende Handbewegung, die so heftig ausfiel, dass er Mühe hatte, sein Gleichgewicht wiederzufinden. Es wurde wirklich höchste Zeit, dass er ins Bett kam.

Als er die Haustür hinter sich schließen wollte, rutschte sie ihm aus der Hand und knallte mit einem lauten Schlag ins Schloss. Er schaltete das Licht an und hängte seinen Hausschlüssel an den Haken. Vielmehr wollte er das, da er ihn aber verfehlte, flog der Schlüsselbund klappernd auf den Boden. Er vollführte eine gleichgültige Handbewegung, dann stieg er die Treppe zum Schlafzimmer hinauf. Jetzt war er wirklich platt. Schnurstracks ging er ins Bad und begann sich auszuziehen. Leise vor sich hin brabbelnd, zog er sich bis auf die Boxershorts aus und griff nach der Zahnbürste. Er hatte einen üblen Geschmack im Mund. Als er mit den abendlichen Verrichtungen fertig war, löschte er das Licht im Bad und betrat sein Schlafzimmer. Mit einem vernehmlichen Grunzen ließ er sich quer auf sein Bett fallen, das sofort die Eigenschaften eines Karussells annahm und in jede Richtung schwankte.

Der Schmerz kam überraschend und gewaltig. Sein heiserer Schrei erstarb, denn er bekam keine Luft mehr, dann schwanden ihm schlagartig die Sinne.

Der Rächer steckte den Elektroschocker an den Gürtel. Jetzt musste er sich beeilen, denn die Lähmung würde nicht allzu lange anhalten. Er nahm eine fertig aufgezogene Spritze aus seiner Sporttasche und eilte zu Seibold. Mit einem schnellen Handgriff schob er dessen Boxershorts in die Höhe und musterte das Gesäß. Schließlich trieb er die Spitze der Nadel im unteren Bereich des linken Gesäßmuskels in einen Leberfleck. Langsam drückte der Rächer das Narkotikum in das Gewebe, dann zog er die Spritze wieder heraus und trat einen Schritt zurück. Der Einstich war praktisch nicht zu sehen. Das Betäubungsmittel wirkte schnell. Als er sicher war, dass Seibold nicht mehr aufwachen würde, beugte er sich über ihn und drehte ihn auf den Rücken. Einige Zeit lang betrachtete er den so daliegenden Mann mit zusammengekniffenen Augen. Seibold bewegte sich nicht, aber an seinem sich leicht bewegenden Brustkorb konnte er sehen, dass er gleichmäßig atmete.

Jetzt war der große Augenblick gekommen. Die Stunde des Vollstreckers hatte geschlagen. Der Rächer bückte sich und zog vorsichtig einen Stoffbeutel aus der Sporttasche. Als er ihn hochhob, waren darin deutliche Bewegungen zu erkennen.

Nach dem Verlassen von Seibolds Haus fuhr der Rächer nach Hause. Er befand sich in einem heftigen Erregungszustand. Es war ein bisher nie gekanntes Gefühl von Macht und Überlegenheit, das ihn erfüllte.

Nachdem er den Vollstrecker versorgt hatte, ging er ins Wohnzimmer und goss sich einen doppelten Whisky ein. Dann öffnete er in einem Schrank zwei kleine Flügeltüren aus Metall, welche die Stärke eines Tresors hatten und durch eine Zahlenkombination geschützt waren. Als er sie auseinanderzog, ging im Innern ein gelbliches Licht an und beleuchtete eine Steintafel von etwa zwanzig Zentimetern Höhe und fünfzehn Zentimetern Breite.

Der Rächer setzte sich dem Schrein gegenüber in einen Sessel, nippte an seinem Whisky und versank in der Betrachtung der Tafel und der reliefartigen Darstellung, die aus ihrer Fläche herausgearbeitet war. Trotz ihrer Schlichtheit war deutlich zu erkennen, was der Künstler hatte ausdrücken wollen. Mit geschlossenen Augen konzentrierte er sich. Er spürte die starken Schwingungen, die von dem Stein magisch auf ihn einwirkten. Sie ergriffen Besitz von seiner Persönlichkeit und weckten sein tief verborgenes zweites Ich. Der Rächer begann ihn immer stärker zu beherrschen. Bereitwillig gab er sich den Gewaltfantasien hin, die ihn wie eine Woge überschwemmten. Es war reiner Hass, der wie ein Seeungeheuer an die Meeresoberfläche kam, um zu rauben und zu zerstören. Ihm wurde gar nicht bewusst, wie er am ganzen Körper zitterte. Kalter Schweiß stand ihm auf der Stirn.

Irgendwann ließ dieser Zustand nach und der Rächer kehrte langsam in die Wirklichkeit zurück. Wie nach jedem dieser Anfälle verspürte er so starke Kopfschmerzen, als würde ihm jeden Moment der Schädel platzen.

„Dein Vermächtnis wird erfüllt werden, Meister", murmelte er leise vor sich hin. Nach dem zweiten Whisky wurde er ruhiger. Der Kopfschmerz allerdings blieb.

Wenig später erhob er sich, schloss den Schrein und begab sich ins Bad. Dort nahm er eine starke Kopfschmerztablette und stellte sich unter die Dusche. Draußen begann es bereits zu dämmern. Der Mann ging ins Schlafzimmer und stellte den Wecker, denn er wollte rechtzeitig vor Ort sein. Dann legte er sich hin. Nur eine Minute später war er eingeschlafen. Sein Schlaf wurde von quälenden Träumen begleitet.

Ein neuer Tag

Erich Rottmann war an diesem Morgen ausgesprochen gut gelaunt. Endlich waren die für ihn lästigen Dreharbeiten im Maulaffenbäck beendet. Höchste Zeit, dass er mit Öchsle an die frische Luft kam. „Auf geht's, du fauler Stinker“, forderte der Exkommissar seinen vierbeinigen Freund temperamentvoll auf, der sofort freudig erregt zur Wohnungstür rannte. Rottmann war froh, dass am Abend wieder ein ganz normaler Stammtisch stattfand, ohne die Störung durch einen nervigen Regisseur. Rottmann fiel ein, dass sich ein neues Stammtischmitglied, ein gewisser Theodor Friedrich Seibold, ehemaliger Rechtsanwalt für Strafrecht, zum Stammtisch gesellen würde. Die Schoppenfetzer waren bestimmt kein abgehobener, elitärer Club, der spezielle Aufnahmerituale hatte. Im Prinzip konnte jeder im Ruhestand befindliche Kriminalist oder Jurist am runden Tisch platznehmen. Allerdings legten die Stammtischbrüder schon Wert darauf, dass ein Neuer auch zu ihnen passte. Bei Theodor Seibold sollte dies allerdings kein Problem sein. Es handelte sich bei ihm um einen erfahrenen Strafjuristen, der in jungen Jahren in einer großen Frankfurter Kanzlei gearbeitet und sich später in einer Sozietät in Würzburg niedergelassen hatte. Die Empfehlung war von Ron Schneider gekommen. Da musste es eigentlich passen.

Als der Rächer sich um acht Uhr erhob, fühlte er sich wenig erholt. Zum Frühstück gab es nur eine starke Tasse Kaffee. Dann packte er seinen Rucksack mit einigen Fruchtriegeln und Getränken und verließ das Haus. Als er die Trautenauer Straße wieder erreicht hatte, parkte er ein Stück unterhalb der Stelle, an der er in der Nacht gestanden hatte. Von hier aus konnte er den Eingang von Seibolds Grundstück mit dem Fernglas überwachen. Der Rächer war sich nicht sicher, wann sein Opfer wieder erwachen würde, da er nicht wusste, wie lange das Betäubungsmittel vorhielt, das er ihm gespritzt hatte. Er öffnete das Fenster und ließ frische Luft herein. Er musste aufpassen, dass er nicht im Wagen einschlief. Sein Schlafmangel machte sich langsam bemerkbar, er wollte sich aber der Früchte seiner nächtlichen Aktion auf keinen Fall berauben lassen. Um die Mittagszeit nahm er eine Kleinigkeit zu sich. Seine Geduld wurde auf eine harte Probe gestellt.

Als der Nachmittag fortschritt, machte sich der Rächer langsam Gedanken. Vielleicht hatte sein Opfer die Wirkung des Elektroschocks und der Betäubungsspritze nicht vertragen. Womöglich lag Seibold tot in der Wohnung. Darüber wäre der Rächer sehr enttäuscht gewesen. Bestandteil seiner Racheaktion war, dass das Opfer leiden musste und er dieses Leid sehen konnte.

Es war kurz nach siebzehn Uhr, als plötzlich die Haustür aufging, Seibold heraustrat und sich in Richtung Innenstadt bewegte. Der Rächer beobachtete ihn mit zusammengekniffenen Augen. Über sein Gesicht glitt ein freudloses Lächeln. Lange würden die ersten Anzeichen sicher nicht mehr auf sich warten lassen. Er folgte seinem Opfer in einigem Abstand. Wenn es losging, wollte er dabei sein.

❖

Es war fast achtzehn Uhr, als sich Rottmann dem Maulaffenbäck näherte. Schon von draußen vernahm er das typische Stimmengemurmel. Die Weinstube war wieder einmal gerammelt voll. Wahrscheinlich lag dies nicht zuletzt daran, dass der Bericht von den Filmaufnahmen im Maulaffenbäck in der Zeitung gestanden hatte und auch dem Regionalfernsehen einen Beitrag wert gewesen war. Das lockte Neugierige an.

Mit dem gewohnten Einkehrschwenk betrat Rottmann die Weinstube. Das draußen noch dezent wirkende Stimmengemurmel entwickelte sich drinnen zu einem lauten Gesprächswirrwarr.

Anni, die Bedienung, huschte mit rotem Kopf zwischen den Tischen hin und her und hatte für ihren Stammgast nur ein kurzes Nicken übrig.

Rottmann wusste jedoch, dass sie ihm umgehend seinen üblichen Silvanerschoppen bringen würde.

Am runden Tisch saßen bereits einige Stammtischbrüder und begrüßten Rottmann freundlich. Öchsle strebte zügig zu seinem Stammplatz unter der Bank. Rottmann ließ sich auf seinen Platz plumpsen. Zur Begrüßung klopfte er auf den Tisch.

„Na, Erich, heute mal ungeschminkt?“, stichelte Xaver Marschmann.

„Ja, ich habe auch den Eindruck, dass unser Hauptdarsteller heute etwas blässlich aussieht.“ Ron Schneider ließ keine Gelegenheit aus, wenn er einen Schoppenfetzer aufziehen konnte.

Rottmann blieb ihm nichts schuldig: „Nur kein Neid, Jungs, nur kein Neid. Bei euch würde ja nicht einmal mehr eine Schönheitsoperation was retten. Also bleibt gelassen.“

Dr. Horst Ritter, ehemaliger Leiter der Würzburger Staatsanwaltschaft, hatte das Begrüßungsgeplänkel abgewartet, jetzt meinte er: „Heute kommt ja der Neue. Ron hat ihn vorsorglich eine Viertelstunde später bestellt, damit wir dann auch wirklich alle beisammen sind. Ich denke, es ist sinnvoll, dass wir uns alle ein Bild von ihm machen." Zustimmendes Gemurmel in der Runde.

Rottmann, dem Anni bereits seinen Silvanerschoppen serviert hatte, nahm einen kräftigen Schluck und ließ den Wein mit seinen Geschmacksknospen spielen.

In diesem Augenblick ging die Tür der Weinstube auf und ein hochgewachsener, schlanker Mann trat ein. Ron Schneiders Mimik war zu entnehmen, dass es sich bei dem neuen Gast um den Erwarteten handelte. Schneider erhob sich auch gleich und ging Seibold einige Schritte entgegen. Er schüttelte ihm die Hand, dann wandte er sich seinen Stammtischbrüdern zu: „Freunde, das ist Theodor Friedrich Seibold, Rechtsanwalt, wie ich euch bereits gesagt habe, und seit einem Vierteljahr im Ruhestand."

Rottmann musterte den Neuankömmling mit dem geübten Blick des Kriminalisten und verschaffte sich einen ersten Eindruck. Er kannte ihn nicht, weil Seibold während seiner aktiven Zeit als Kommissar noch nicht in Würzburg war. Aber so wie es aussah, war der Typ nicht unsympathisch. Was Rottmann jedoch sofort auffiel, war Seibolds ausgesprochen blasser Teint. Er lächelte zwar in die Runde, aber irgendwie hatte dies etwas Gezwungenes. Erich Rottmann glaubte zu spüren, dass es dem Mann in diesem Moment nicht sonderlich gutging.

Während Seibold jedem Schoppenfetzer die Hand schüttelte, registrierte der Exkriminalbeamte, dass der neue Gast eine feuchte Handfläche hatte. Rottmann wunderte sich. Dass ein Mann dieses Formats, der als Anwalt unzählige Male stressigen Situationen ausgesetzt gewesen war, bei der Begegnung mit den Schoppenfetzern nervös wurde, konnte er fast nicht glauben.

Nachdem sich Seibold auf einem freien Stuhl niedergelassen hatte, erklärte er: „Es freut mich sehr, dass ich hier in dieser Runde platznehmen darf. Ron hat mir erzählt, dass sich hier alle duzen. Mich nennen meine Freunde Theo. Ich darf euch doch alle zum Einstand zu einer Runde Schoppen einladen?“

Die allgemeine Zustimmung war ihm sicher. Damit war das Eis gebrochen und das Begrüßungsritual abgeschlossen. Anni kam gleich herbei, um die Schoppenfetzer nach ihren Wünschen zu fragen. Als der Neue einen trockenen Silvaner bestellte, stellte Rottmann fest, dass der Mann, zumindest was seinen Weingeschmack betraf, ausgezeichnet in die Runde passte.

Die Aufmerksamkeit der Schoppenfetzer wandte sich langsam wieder dem zurzeit aktuellen Thema in Würzburg zu: dem Film. Selbstverständlich wurde Seibold sofort in das Gespräch miteinbezogen. Dennoch beschränkte er sich in erster Linie auf die Rolle des Zuhörers. Rottmanns erster Eindruck, dass sich der Mann unwohl fühlte, erhärtete sich. Hin und wieder, wenn er sich unbeobachtet fühlte, drückte er seine Hand gegen den Bauch. Als wenn Seibold Rottmanns Gedanken gelesen hätte, erklärte er später, dass er am Vorabend auf einer Party gewesen sei und einiges an Alkohol konsumiert habe. „Ich bin heute total gerädert“, schloss er seine Erklärung und lächelte um Verständnis bittend in die Runde.

„Man ist halt nicht mehr ganz der Jüngste“, stellte Ron Schneider fest. „Vor zehn Jahren hätten wir derartige Feten locker weggesteckt.“

Seibold zuckte mit den Schultern. Eine knappe Stunde später erklärte er der Runde überraschend: „Ich bitte mir das nicht zu verübeln, aber ich möchte mich jetzt doch gern verabschieden. Ich fühle mich wirklich nicht fit. Wahrscheinlich eine Magenverstimmung. Ich hoffe, dass ich beim nächsten Stammtisch besser beieinander bin." Er nahm sein Glas und tat einen kräftigen Zug, trank es aber nicht ganz leer. Schließlich erhob er sich schwerfällig. Die Stammtischbrüder riefen ihm Grüße zu, dann ging er zur Tür. Für einen Augenblick hatte Rottmann den Eindruck, als würde der Mann ein wenig schwanken. Da musste der Gute, wenn er bei den Schoppenfetzern bestehen wollte, noch etwas an sich arbeiten. Als sich die Aufmerksamkeit des Exkommissars wieder auf den Tisch richtete, streifte sein Blick zufällig das Glas mit dem Rest Silvaner, das Seibold stehengelassen hatte. Er stutzte, dann zog er das Glas näher zu sich heran und betrachtete den Inhalt eingehender. Im Weinrest schwebte eine rötliche Schliere. Es gab eigentlich keine andere Erklärung: Das war ganz offensichtlich Blut!

„Na, Erich, seit wann trinkst du die Reste anderer Leute aus? Haben sie dir die Pension gekürzt?" Xaver Marschmann grinste ihn schelmisch an.

„Quatsch", gab Rottmann zurück, ging nicht weiter darauf ein und wandte sich wieder der allgemeinen Unterhaltung zu.

Seibold hatte in der Weinstube nur mit größter Selbstbeherrschung durchgehalten. Schon den ganzen Tag über spürte er merkwürdige Schmerzen in der Magengegend, die sich langsam, aber stetig verschlimmerten. Zunächst dachte er, er hätte sich bei der Feier eine Magenverstimmung eingehandelt. Der Alkoholkonsum war reichlich gewesen und er hatte auch durcheinandergetrunken – was ihm noch nie sonderlich gut bekommen war. Aber diese Schmerzen gingen über das bekannte Unwohlsein in Folge eines Katers hinaus und hatten auch insgesamt eine andere Qualität. Schon am späten Morgen, als er mit dröhnenden Kopfschmerzen aufgewacht war, hatte er sich gefühlt, als wäre er unter eine Dampfwalze geraten. Zwei Aspirin statt Frühstück hatten ihm nur wenig Erleichterung gebracht. Den ganzen Tag hatte er gegen dieses Unwohlsein angekämpft. Es hatte ihm wirklich sehr viel Energie abverlangt, den Stammtisch im Maulaffenbäck aufzusuchen. Aber nachdem dies die erste Einladung in diesen Kreis gewesen war, wollte er auf gar keinen Fall absagen.

Nach dem Verlassen des Maulaffenbäck blieb er zunächst einmal an eine Hauswand gelehnt stehen und schöpfte Luft. Plötzlich musste er sauer aufstoßen. Er griff in die Hosentasche, zog ein Papiertaschentuch heraus und wischte sich den Mund ab. Als er danach einen Blick auf das Tuch warf, stutzte er. Im Licht der Straßenlampe sah er, dass es stellenweise dunkel verfärbt war. Er sammelte Speichel im Mund und spuckte auf das Taschentuch. Es gab keinen Zweifel, das war Blut.

Seibold stieß sich von der Hauswand ab. Er würde sich in der Nähe des Mainfrankentheaters ein Taxi nehmen. Scheinbar brütete er irgendeine Krankheit aus. Er wollte nur noch nach Hause. Seibold überquerte die Schönbornstraße und lief weiter durch die Herzogenstraße, weil dies der kürzeste Weg zum Theater war. Nach einigen Metern verspürte er plötzlich einen fürchterlichen Stich in seiner Leibesmitte, so als wäre in seinem Inneren etwas zerrissen. Gleichzeitig wurde ihm schwarz vor Augen. Nur mit letzter Kraft ließ er sich auf einen der leeren Stühle fallen, die an den Tischen der Trattoria Augusto, einem Edelitaliener, standen. Würgend musste er sich plötzlich übergeben. An den anderen Tischen saßen Gäste, die den Mann, der stark angetrunken schien, verärgert anstarrten. Es gab erboste Bemerkungen, die Vittorio, der Kellner, hörte. Als er sah, dass der ungebetene Gast sich über den Tisch erbrochen hatte, begann er laut zu schimpfen. Das Erbrochene war dunkelrot und roch stark nach Alkohol. Für Vittorio war es keine Frage, dass sich der Mann sinnlos mit Rotwein hatte volllaufen lassen. Da Seibold keine Reaktion zeigte, wurde der Kellner wütend und begann heftig an ihm zu zerren, um ihn zum Gehen zu bewegen. Der einzige Erfolg, den er damit erzielte, bestand darin, dass der Mann vom Stuhl rutschte und vor Vittorio auf den Boden krachte. Sein Kopf schlug dabei haltlos gegen das Stuhlbein.

Jetzt hatte der Italiener genug. Er griff zum Telefon und wählte die Nummer der Polizei. Der Kerl musste so schnell wie möglich weg von hier. Einige Gäste griffen schon nach ihren Gläsern, um sich ins Innere der Trattoria zu setzen.

Die Polizeistreife war schnell vor Ort. Die Beamten betrachteten die Szene und hörten sich Vittorios Schimpfkanonade an. Beiläufig warf einer der Beamten einen Blick auf das Erbrochene. Er stutzte, dann rief er seinem Kollegen zu: „Ruf den Notarzt! Das hier ist kein Rotwein, sondern Blut."

Der zweite Polizist griff zum Funkgerät und verständigte die Einsatzzentrale. Anschließend brachten die beiden Beamten Seibold in die stabile Seitenlage. Er atmete ganz flach und aus seinem Mundwinkel lief ein rotes Rinnsal.

Schon hörte man in der Ferne die Sirene eines Rettungswagens, der mit hoher Geschwindigkeit die Schönbornstraße entlanggerast kam. Als die Rettungsassistenten ihre Utensilien ausluden, näherte sich mit dem Klang eines weiteren Signalhorns aus Richtung Juliusspital der Notarzt.

Keine Minute später wimmelte es um den bewusstlosen Seibold von Männern in weißen Hosen und roten Jacken mit dem Symbol des Malteserkreuzes.

Plötzlich rief der Notarzt: „Vorsicht, er erbricht sich wieder!" Ein weiterer Schwall Blut ergoss sich aus dem Mund des Liegenden. Der Notarzt wandte sich an den Fahrer des Rettungswagens. „Verständigen Sie die Notrufzentrale, dass sie das Juliusspital anfunken sollen. Wir bringen einen Patienten mit schwersten inneren Blutungen. Einen Transport in ein weiter entferntes Krankenhaus würde er nicht überstehen."

❖

Der Rächer hatte alles verfolgt. Als Seibold gegen 18 Uhr 15 in den Maulaffenbäck gegangen war, hatte er sich an einen der Tische gesetzt, die in der Maulhardgasse vor der Weinstube aufgestellt waren, eine Weinschorle bestellt – und gewartet. Als Seibold dann überraschend früh wieder in der Tür der Weinstube erschienen war, hatte der Rächer beobachten können, wie sich sein Opfer erschöpft gegen eine Hausmauer gelehnt und sich dabei gekrümmt hatte. Dabei war ein böses Lächeln über das Gesicht des Rächers gehuscht, der nun die erwartete Wirkung eintreten sah. Er war Seibold in einigem Abstand gefolgt und hatte noch dessen Zusammenbruch beobachtet, bevor er sich unter die Neugierigen vor der Trattoria mischte. Ihm war sofort klar gewesen, dass das rote Erbrochene kein Rotwein war. Mit dem kühlen Interesse, das ein Wissenschaftler einer im Versuch verendenden Laborratte widmet, hatte der Rächer den am Boden liegenden Mann gemustert. Als der Notarzt den Atemstillstand festgestellt und massive Rettungsmaßnahmen eingeleitet hatte, hatte sich der Rächer dann doch über den plötzlich so rasanten Fortgang gewundert. Der Vollstrecker hatte ganze Arbeit geleistet.

❖

Nachdem Erich Rottmann die Toilette aufgesucht hatte, verließ er die Weinstube und ging nach draußen, um frische Luft zu schöpfen. In der Gasse vor dem Maulaffenbäck standen die

Raucher und unterhielten sich. Gerne hätte Rottmann sich zu ihnen gesellt, um eine Pfeife zu rauchen, doch er wollte Öchsle nicht so lange allein lassen. Heute schienen die Nikotinfreunde ein besonders heißes Thema zu diskutieren, denn es herrschte ein regelrechtes Stimmengewirr. Rottmann trat langsam aus dem Eingangsbereich der Weinstube und gesellte sich zu den Rauchern. Jetzt bemerkte er, was ihre Aufmerksamkeit erregte. In der nahen Herzogenstraße war das beunruhigende Zucken der Blaulichter von Einsatzfahrzeugen zu erkennen, das von den Häuserwänden zurückgeworfen wurde. Rottmann beschlich plötzlich ein beklemmendes Gefühl. Er konnte erkennen, dass es sich um Rettungskräfte und um ein Polizeifahrzeug handelte. Ohne lange nachzudenken, verließ er die Gasse. Als er sich den Helfern näherte, die sich am Boden um einen auf der Trage liegenden Menschen bemühten, konnte er hören, wie der Notarzt gerade rief: „Er atmet nicht mehr! Kein Herzschlag! Schnell in den Wagen mit ihm, wir müssen reanimieren!"

Die Sanitäter sprangen von der Trage zurück und rollten sie zum Rettungswagen. Bei dieser Gelegenheit konnte Rottmann einen kurzen Blick auf den Patienten werfen. Trotz der blutgetränkten Jacke des Mannes erkannte der Exkommissar, dass es sich um das neue Stammtischmitglied Theo Seibold handelte. Schlagartig musste Rottmann an die blutige Schliere in Seibolds Glas denken.

Rottmann trat einen Schritt zurück und blickte in den Rettungswagen. Doch er konnte nur erkennen, dass die Männer des Rettungsdienstes um die Trage herumstanden und sich intensiv um ihren Patienten bemühten.

Der ehemalige Leiter der Würzburger Mordkommission verspürte ein wohlbekanntes Kribbeln in der Nase. Was war mit dem neuen Schoppenfetzer los? Wie konnte es sein, dass ein gerade noch vitaler Mann innerhalb so kurzer Zeit an der Schwelle des Todes stand?

Er schaute sich um. In seiner Nähe standen einige Passanten. Einer davon verfolgte das Geschehen mit einer derart auffälligen Neugier, dass Rottmann den Kopf schüttelte. Er kannte dieses Verhalten von seinen Einsätzen her, als er noch im aktiven Dienst stand. Menschen ergötzten sich immer wieder gerne am Leid anderer.

Während das Rettungsfahrzeug durch die Schönbornstraße in Richtung Juliusspital davonfuhr, ging Rottmann zurück zum Maulaffenbäck.

Am Stammtisch erwarteten ihn die fragenden Gesichter der Schoppenfetzer. Sie wunderten sich darüber, dass er so lange weggeblieben war. Während er Öchsle, der sich unter dem Tisch freudig an ihn drängte, den Kopf kraulte, erklärte er den Männern kurz, was er erlebt hatte. Auch die Stammtischbrüder zeigten sich darüber sehr betroffen.

Dienstag

Nach einem ausgiebigen Morgenspaziergang mit Öchsle brachte Erich Rottmann den Rüden nach Hause zurück. Er wusste zwar, dass sein vierbeiniger Freund nicht gerade begeistert war, wenn er ihn, was höchst selten vorkam, einmal allein lassen musste. Aber Rottmann wollte dem Juliusspital-Krankenhaus einen Besuch abstatten, um sich nach Seibold zu erkundigen. Hunde waren im Krankenhaus nun einmal nicht erlaubt, was Rottmann ja auch verstehen konnte. Er gab Öchsle zum Trost einen Kauknochen, mit dem sich der Hund bis zu seiner Rückkehr beschäftigen würde.

Rottmann betrat das Krankenhaus durch den Eingang in der Koellikerstraße. Er betrachtete kurz das moderne Foyer mit all seinen Hinweisschildern, dann näherte er sich dem Infopunkt, der in einer Art runden Insel aus Glas untergebracht war.

„Grüß Gott", machte sich Rottmann bemerkbar, da der Mann in dem Glaskasten gerade mit dem Studium des Computerbildschirms beschäftigt war. „Können Sie mir bitte sagen, wo ich Herrn Theodor Seibold besuchen kann? Er ist gestern Abend eingeliefert worden."

Der Mann rief eine Bildschirmmaske auf, tippte eine Buchstabenfolge ein, studierte kurz das Ergebnis seiner Bemühungen und erklärte dann: „Ich habe hier noch keine vollständigen Daten, aber er ist gestern in die Notfallstation eingeliefert worden. Mehr Informationen habe ich leider noch nicht. Das ist aber bei kritischen Notfällen nicht ungewöhnlich. Am besten gehen Sie ins Schwesternzimmer der Notfallstation hier im Erdgeschoss. Dort kann man Ihnen sicher weiterhelfen."

Rottmann bedankte sich und marschierte in die angegebene Richtung. Der für Krankenhäuser typische Geruch, ein Gemisch aus Desinfektionsmitteln und Essen, stieg ihm in die Nase.

Die Orientierung war verhältnismäßig einfach und schon bald sah er am Ende des Flures das Schwesternzimmer, wo eine Frau am Computer saß.

„Entschuldigung", sagte Rottmann und klopfte an die Glastür. Sie sah auf und lächelte ihn freundlich an.

„Grüß Gott, Schwester Karin", fuhr der Exkommissar nach einem schnellen Blick auf ihr Namensschild fort und lächelte ebenso freundlich zurück. „Ich würde gerne Herrn Theodor Seibold besuchen. Er ist gestern Abend eingeliefert worden."

Das Lächeln der Schwester erlosch und sie sah Rottmann ernst an. „Sind Sie ein Verwandter?"

„Nein, ich bin ein Stammtischbruder von ihm und wollte mich ganz einfach nach seinem Befinden erkundigen. Ich war gestern dabei, als er auf der Straße zusammengebrochen ist."

„Es tut mir leid", erklärte die Schwester nach kurzem Zögern. „Herr Seibold ist gestern noch im OP verstorben. Die Ärzte konnten leider nichts mehr machen."

Rottmann war bestürzt, obwohl er so etwas schon befürchtet hatte. „Können Sie mir sagen, woran er …"

Schwester Karin schüttelte entschieden den Kopf. „Tut mir leid, aber darüber darf ich Ihnen keine Auskunft geben. Da müssten Sie sich an unseren Stationsarzt Herrn Dr. Seitz wenden. Diese Richtung." Sie machte eine Handbewegung den Gang hinunter. „Der Name steht an der Tür. Aber da werden Sie im Augenblick kein Glück haben, denn Dr. Seitz ist im OP."

Diese Standardauskunft war Rottmann aus seiner Dienstzeit zur Genüge bekannt und er machte keinen weiteren Versuch, die Schwester auszufragen. Rottmann bedankte sich und ging langsam den Flur hinunter. Obwohl er Seibold ja nur kurz kennengelernt hatte, traf ihn die Nachricht über sein Ableben sehr.

Als Rottmann nachdenklich den Flur hinuntermarschierte, hörte er hinter sich schnelle Schritte näherkommen. Unwillkürlich warf er einen Blick zurück.

„Ja Erich, was machst du denn hier im Krankenhaus? Bist du Patient oder machst du einen Krankenbesuch?"

„Servus, Florian, das könnte ich dich genauso fragen", erwiderte Rottmann und blieb stehen. Tatsächlich stand Kriminalhauptkommissar Florian Deichler hinter ihm, Rottmanns Assistent in der Zeit, als er noch Leiter der Mordkommission war.

„Erich, du kennst das doch. Man hat uns gerufen, weil es hier auf der Station einen ungeklärten Todesfall gegeben hat. Reine Routine. Ich hatte gerade ein Gespräch mit dem Oberarzt."

„Geht es um Theodor Seibold?"

Deichler zog erstaunt die Augenbrauen hoch. „Sag mal, kannst du Gedanken lesen? Was hast du denn mit dem Tod dieses Mannes zu tun?"

Rottmann schüttelte den Kopf. „Mit seinem Tod habe ich sicher nichts zu tun. Aber lass uns das bei einem Kaffee in der Cafeteria besprechen."

Deichler war sprachlos. Es war ihm ein Rätsel, wie Rottmann schon von dem fragwürdigen Tod des pensionierten Rechtsanwalts erfahren haben konnte. Aber sein ehemaliger Chef war bekanntermaßen immer für eine Überraschung gut. Deichler stimmte Rottmanns Vorschlag zu. Er war jetzt wirklich neugierig.

Die kleine Cafeteria des Krankenhauses befand sich im Erdgeschoss gleich gegenüber dem Haupteingang. Rottmann und Deichler holten sich den gewünschten Kaffee, dann suchten sie sich einen abseits gelegenen freien Tisch, damit sie ungestört reden konnten, und ließen sich auf den orangefarbenen Kunststoffstühlen nieder. Nachdem sie platzgenommen hatten, stellte Deichler fest: „Erich, ich bin von dir ja viel gewohnt, aber dass du von einem Fall Kenntnis hast, bevor es überhaupt ein Fall ist, haut mich schon von den Socken. Besitzt du jetzt schon hellseherische Fähigkeiten?"

Erich Rottmann erzählte kurz von den Ereignissen des Vorabends. „... und da ich nicht wusste, wie es Seibold geht, bin ich hierhergekommen, um ihn zu besuchen. Dass er gestern noch verstorben ist, macht mich sehr betroffen. Vor allen Dingen die Umstände. Du hättest mal das viele Blut sehen sollen, das der Mann erbrochen hat."

Deichler rührte nachdenklich in seiner Tasse. „Der Arzt, mit dem ich gerade gesprochen habe, kann sich die Symptome auch nicht erklären. Sie haben zuerst auf ein durchgebrochenes Magengeschwür getippt, diese Vermutung dann aber aufgegeben, weil noch andere merkwürdige Indikationen hinzugekommen waren. Jedenfalls haben sie uns die Sache gemeldet. Ich werde jetzt mit dem Staatsanwalt sprechen. Wie ich die Lage einschätze, wird wohl eine Obduktion notwendig sein."

Rottmann nickte. „Das hätte ich auch veranlasst." Er wechselte das Thema. „Wo ist eigentlich Krämer? Lässt er dich wieder den Laufburschen spielen?" Sebastian Krämer war der Nachfolger von Rottmann im Amt des Leiters der Mordkommission. Ein sehr karriereorientierter Beamter, der mit Erich Rottmann als Person und als Amtsvorgänger vollkommen auf Kriegsfuß stand, was allerdings auf Gegenseitigkeit beruhte. Florian Deichler hatte häufiger das Problem, dass er sich zwischen der Pflicht als Kriminalbeamter gegenüber seinem Vorgesetzten und seiner gewachsenen Loyalität zu Rottmann entscheiden musste – das berühmte Sitzen zwischen zwei Stühlen.

Deichler schüttelte den Kopf. „Er ist gar nicht da. Du weißt doch, dass er nach Höherem strebt. Derzeit ist er auf einem Kurzlehrgang in München."

Rottmann lachte. „Hat das Morddezernat wieder einmal sturmfreie Bude." Er trank den Kaffee aus, dann klopfte er Deichler kameradschaftlich auf die Schulter. „Florian, du machst das schon. Ich muss jetzt weiter. Öchsle ist allein daheim und da möchte ich ihn nicht unnötig warten lassen. Es wäre schön von dir, wenn du mich informieren würdest, sobald die Leiche Seibolds zur Beerdigung freigegeben wird. Er war zwar nur einmal beim Stammtisch und wir haben ihn kaum gekannt, trotzdem werden wir Schoppenfetzer ihm selbstverständlich die letzte Ehre erweisen."

„Kein Problem", sagte Deichler und erhob sich ebenfalls. „Ich komme auch mit. Hoffentlich erwische ich gleich den zuständigen Staatsanwalt, damit er die Obduktion anordnet. Danach muss ich zusehen, dass ich wieder ins Büro komme. Auf meinem Schreibtisch häufen sich die Akten. Aber du kennst das ja. Soll ich dich ein Stück mitnehmen? Mein Dienstwagen steht auf dem Parkplatz des Juliusspitals."

Rottmann nahm das Angebot dankend an und die beiden verließen das Krankenhaus.

Mittwoch

Der Rächer saß frühmorgens in seinem Arbeitszimmer am Schreibtisch. Wie auch in den vergangenen Nächten hatte er nicht besonders gut geschlafen. Nachdem er gesehen hatte, was der Einsatz des Vollstreckers ausgelöst hatte, war er nach Hause geeilt, hatte seinen Helfer versorgt und sich dann eine ganze Zeit lang unter die Dusche gestellt, um die Anspannung abzubauen. Die wieder aufgetretenen pochenden Kopfschmerzen bekämpfte er mit einer Tablette.

Er öffnete seinen Laptop und begann im Internet nach Informationen für den nächsten geplanten Racheakt zu suchen. Die Recherchearbeit, die er in den letzten Monaten geleistet hatte, hatte viel Zeit in Anspruch genommen. Der Rächer warf einen Blick auf die Ausdrucke, auf denen seine Aufzeichnungen zusammengestellt waren.

Die nächsten Schritte seines Rachefeldzugs wollten wohlüberlegt sein. Denn sein nächstes Opfer war eine ausgesprochen schwer zu fassende Beute.

Sein Blick fiel auf den Vollstrecker, der zusammengerollt in einer Ecke ruhte. Nach seinem erfolgreichen Einsatz hatte er eine ordentliche Mahlzeit bekommen und nun Ruhe verdient. Es war seine Premiere gewesen und der Rächer fühlte Stolz, dass alles so verlaufen war, wie er es geplant hatte. Der Rächer fuhr den Rechner herunter und klappte den Deckel herunter. Es wurde Zeit, zur Arbeit zu gehen. Dort wartete heute eine ausgesprochen interessante Aufgabe auf ihn. Er warf einen letzten Blick auf den ruhenden Vollstrecker, dann verließ er das Haus.

❖

Die Stimmung beim Frühschoppen im Maulaffenbäck war gedrückt. „Wenn ich mir das so vorstelle: Du sitzt bei einem guten Schoppen in Gesellschaft deiner Stammtischbrüder bei bester Laune zusammen. Plötzlich fühlst du dich nicht wohl, verlässt deshalb die Weinstube und eine Stunde später liegst du in deinem eigenen Blut auf der Erde und gibst wenig später den Löffel ab. Einfach schrecklich!“ Xaver Marschmann drückte das aus, was die anderen Schoppenfetzer bewegte. Erich Rottmann hatte ihnen natürlich von seinem Krankenhausbesuch berichtet.

„Selbstverständlich werden wir zur Beisetzung gehen“, stellte Horst Ritter fest. „Das ist Ehrensache. Erich, ich nehme an, Deichler wird dir sagen, wann die Staatsanwaltschaft die Leiche freigibt.“

Rottmann nickte und nahm einen Schluck von seinem Schoppen. Seine Frühportion Leberkäse schmeckte ihm heute gar nicht. Er schnitt die restliche Portion in kleine Stücke und reichte diese Öchsle, der unter der Bank lag, hinunter. Der Rüde, der von dem Kummer seines Herrchens nichts wusste, ließ sich den überraschend reichlichen Segen gut schmecken.

Um die Mittagszeit löste sich der Stammtisch wieder auf. Die Schoppenfetzer waren zwar bemüht gewesen, sich auch über andere Themen zu unterhalten, aber der Tod von Seibold lastete schwer auf ihren Gemütern und ließ keine rechte Stimmung aufkommen.

Rottmann zündete sich seine Bruyère an und marschierte mit Öchsle im Gefolge die Maulhardgasse in Richtung Marienplatz. Da spürte er in seiner Joppentasche die Vibration seines Mobiltelefons, das er in der Weinstube immer auf „lautlos" stellte. Als er es gerade umständlich herausgekramt hatte, verstummte es wieder. Er warf einen Blick auf das Display. „Anruf von Nabenschlager" stand da zu lesen. Der Exkommissar runzelte die Stirn. Mit dem bekannten Stadtrat hatte er schon seit längerer Zeit keinen Kontakt mehr gehabt. Der Main-Postille hatte er entnommen, dass Nabenschlager mit einer Abordnung des Rathauses der Würzburger Partnerstadt Bray in Irland einen Besuch abgestattet hatte. Offensichtlich war er wieder zurück. Neugierig, was der langjährige Kommunalpolitiker, mit dem ihn schon seit geraumer Zeit ein vertrauensvolles, um nicht zu sagen freundschaftliches Verhältnis verband, von ihm wollte, rief er zurück.

„Ah, Erich, schön, dass du dich meldest", kam die vertraute Stimme Nabenschlagers aus dem kleinen Lautsprecher. Er kam sofort zur Sache: „Ich wollte dich um ein baldiges Treffen bitten. Da gibt es ein kleines Problem, bei dem du mir helfen kannst."

„Gern, Schorsch", erwiderte Erich Rottmann. „Ich bin gerade auf dem Weg zum Unteren Markt. Bis du im Rathaus? Wenn es dir passt, komme ich gleich bei dir vorbei."

„Das wäre prima", freute sich Nabenschlager. „Ich erwarte dich."

Rottmann beschleunigte seinen Schritt. Schorsch Nabenschlager war eine der markantesten Stadtratspersönlichkeiten in Würzburg. Er war ein Mann mit Ecken und Kanten, der kein Blatt vor den Mund nahm. Gerade deshalb hatte er in Würzburg seine feste Anhängerschaft, die ihm bei jeder Kommunalwahl im Stadtrat einen Sitz verschaffte.

Gut zehn Minuten später klopfte Rottmann an Nabenschlagers Bürotür. Nach einem gut hörbaren „Herein" trat Rottmann ein. Nabenschlager saß an seinem Schreibtisch und studierte gerade diverse Papiere.

„Grüß dich, Schorsch", sagte Rottmann und reichte dem Stadtrat die Hand. „Ich hoffe, du hast dich vom irischen Whisky wieder erholt?"

Nabenschlager hatte sich erhoben und kam hinter dem Schreibtisch hervor. „Was hast du denn für Vorstellungen? Wir haben dort drüben schwer gearbeitet." Allerdings grinste er dabei, was seine Aussage relativierte. Er wies auf den Besprechungstisch in der Ecke. „Nimm doch bitte Platz." Er bückte sich und streichelte Öchsle über den Kopf. „Kann es sein, dass Öchsle zugenommen hat?", stichelte er. „Vielleicht zu viel Leberkäsdiät?"

Rottmann zog in gespielter Verwunderung die Augenbrauen in die Höhe. „Kann gar nicht sein! Wir sind beide voll im Training, da bleibt nichts hängen."

Nabenschlager musste lauthals lachen, dann setzte er sich seinem Gast gegenüber. „Kann ich dir einen Kaffee anbieten?"

Erich Rottmann winkte ab. „Danke, aber ich komme gerade vom Stammtisch. Kaffee würde mir den schönen Silvanergeschmack kaputt machen. Was kann ich denn für dich tun? Ich hoffe, du hast keinen Ärger!"

Nabenschlager schüttelte den Kopf. „Nein, Erich, zumindest keinen, bei dem du mir behilflich sein könntest. Es geht um etwas anderes. Ein guter Bekannter aus dem Markt Thüngen hat mich angerufen. Ein Verwandter von ihm, übrigens ein ehemaliger Würzburger Anwalt, ist gerade unter mysteriösen Umständen im Juliusspital verstorben. Mein Bekannter erfuhr von dem Todesfall durch die Reinemachefrau des Toten, und das auch nur deshalb, weil die Kripo bei ihr aufgetaucht ist und sich nach Verwandten des Verstorbenen erkundigt hat. Sie hat den Polizisten dann die Adresse gegeben. Die Beamten haben meinem Bekannten gesagt, dass er im Augenblick das Haus des Verstorbenen nicht betreten dürfe. Erst müsse das Ergebnis der Rechtsmedizin vorliegen. Mein Bekannter hat sich nun an mich gewandt, weil ich seiner Meinung nach gute Beziehungen zu den Behörden in Würzburg habe. Aber mir sagt die Kripo natürlich auch keine Einzelheiten. Erich, vielleicht könntest du mal deine alten Kontakte ansprechen. Der Tote heißt …"

„… Theodor Seibold", vollendete Rottmann den Satz und sah Nabenschlager dabei prüfend an.

Schorsch Nabenschlager war überrascht. „Mein Gott, Erich, kannst du Gedanken lesen?"

Rottmann schmunzelte. „Nein, Schorsch, das sicher nicht. Aber manchmal gibt es schon die merkwürdigsten Zufälle."

Der Schoppenfetzer erzählte von den Vorkommnissen der letzten Tage. Nabenschlager hörte mit wachsendem Erstaunen zu. Schließlich schüttelte er den Kopf. „Zufälle gibt's, die gibt's gar nicht. Erich, würde es dir Probleme bereiten, die Todesursache über deine Kontakte zur Rechtsmedizin herauszufinden? Da gibt es doch, wenn ich mich recht entsinne, einen Mitarbeiter, der dir hin und wieder mal Informationen gibt. Mein Bekannter möchte halt gern Bescheid wissen, aber nicht offiziell in Erscheinung treten. Bis die Staatsanwaltschaft ein Ergebnis bekannt gibt, dauert das ja sicher noch."

Rottmann nickte. „Ich möchte ja selbst gern wissen, was dem Mann gefehlt hat. Ich werde meinen Kontaktmann in der Gerichtsmedizin mal anrufen. Wenn ich etwas herausgefunden habe, werde ich dich informieren."

Nabenschlager bedankte sich bei Rottmann, der daraufhin das Rathaus verließ.

Am Vierröhrenbrunnen blieb er stehen und zündete seine Pfeife wieder an. Ihm war aufgefallen, dass sich Nabenschlager sehr bemüht hatte, im Gespräch niemals den Namen seines Bekannten zu erwähnen. Rottmann schüttelte den Kopf. Er sollte in das Verhalten des Stadtrats nicht so viel hineininterpretieren. Wahrscheinlich wollte Nabenschlager ganz einfach nur diskret sein.

Das war der Nachteil der Erfahrungen aus über vierzig Jahren Kripoarbeit. Man nahm alles und jedes zur Kenntnis, speicherte es im Gedächtnis ab und interpretierte es. Rottmann zuckte mit den Schultern. Dennoch nahm er sich vor, zuhause einen Blick ins Telefonbuch zu werfen.

Als er kurze Zeit darauf die Rosengasse hinunterschlenderte, warf er beiläufig einen Blick hinauf zur Wohnung von Elvira Stark. Die Fenster waren geschlossen und die Vorhänge zugezogen. Wie er wusste, hatte sich seine ehemalige Jugendliebe ein paar Tage Urlaub genommen, um eine Freundin in Bamberg zu besuchen. Sie hatte ihn gebeten, einmal ihre Pflanzen zu gießen. Eine Bitte, die er ihr nur schlecht hatte abschlagen können. Das bedeutete natürlich, dass sie ihm Zutritt zu ihrem persönlichen Reich gewährte, was für ihn eine gewisse intime Komponente besaß. Ein Umstand, der ihm leichte Probleme bereitete, weil er nie ganz sicher war, ob Elvira mit so einer Bitte nicht irgendwelche hintergründigen Gedanken verband.

In seiner Wohnung angekommen, füllte Rottmann Öchsles Wassernapf auf, dann nahm er das Telefonbuch aus dem Regal, setzte sich an seinen Wohnzimmertisch und schlug es unter „Markt Thüngen" auf. Mit dem Finger fuhr er langsam an den Namen mit dem Anfangsbuchstaben „S" entlang. Schließlich lehnte er sich zurück. In ganz Thüngen gab es offenbar keinen Menschen namens Seibold. Merkwürdig.

Allerdings musste das nicht zwingend etwas bedeuten. Nicht jeder, der einen Telefonanschluss besaß, ließ sich auch in das öffentliche Telefonverzeichnis eintragen.

Erich Rottmann warf einen Blick auf seine Armbanduhr. Es war durchaus möglich, dass man in der Rechtsmedizin die Leiche von Seibold schon obduziert hatte. Er war wirklich gespannt, was bei der Untersuchung herausgekommen war. Also griff er zum Telefon und wählte die Nummer von Gottfried Meyer, seinem Mann in der Rechtsmedizin, der ihn bei Bedarf immer mit Informationen versorgte. Rottmann und Meyer kannten sich schon viele Jahre, noch aus der Zeit, als Rottmann im aktiven Dienst war. Auch mit Rottmanns Pensionierung war der Kontakt nicht abgerissen. Obwohl sich die beiden schon so lange kannten, hatte der Exkommissar immer noch Mühe, mit dem Mann, der als Sektionsassistent bei Obduktionen dabei war, normalen Kontakt zu pflegen. Der Beruf des Mannes brachte es zwangsläufig mit sich, dass er häufig mit Formalin in Berührung kam, dessen ätherische Ausdünstung an seiner Kleidung haftete und ihn wie eine Aura umgab. Für die Pflege zwischenmenschlicher Kontakte war dieser Umstand ausgesprochen problematisch. Meyer schien das jedoch nicht zu stören.

Rottmann holte die Kurzwahl von Meyers Dienstapparat auf das Display und wählte. Das Telefon klingelte dreimal und nach einem knackenden Geräusch meldete sich eine freundliche weibliche Stimme mit leicht sächselnder Klangfarbe: „Universitätskliniken Würzburg, Institut für Rechtsmedizin, Sie sprechen mit Antje Koppelkamm. Was kann ich für Sie tun?"

Rottmann stutzte einen Augenblick überrascht, weil nicht wie üblich die barsche Stimme von Meyer selbst aus dem Hörer kam. Er entgegnete: „Hier Rottmann. Ich hätte gerne Herrn Meyer gesprochen."

„Oh, das tut mir sehr leid, Herr Rottmann. Herr Meyer hat sich einige Tage Urlaub genommen und kommt erst morgen ins Institut zurück. Kann ich Ihnen irgendwie weiterhelfen?"

Rottmann lehnte freundlich ab. Es blieb ihm wohl nichts anderes übrig, als sich noch einen Tag zu gedulden. Langsam legte er das Telefon auf die Auflageschale zurück. Er überlegte einen Augenblick, dann sagte er: „Öchsle, ich denke, wir sollten wieder was für unsere Kondition tun. Du schläfst in deinem Korb und ich auf der Couch. Wer zuerst eingeschlafen ist, hat gewonnen."

Der Rüde sah sein Herrchen mit schiefgelegtem Kopf prüfend an und trottete dann zu seiner Ruhestatt. Beide gähnten fast gleichzeitig. Öchsle war aber deutlich schneller eingeschlafen.

❖

Das Dienstfahrzeug passierte am frühen Nachmittag das Tor zum Hof des Polizeipräsidiums in der Frankfurter Straße. Der Wagen hielt vor dem Eingang des Hauses. Die Polizeipräsidentin verabschiedete sich bei ihrem Fahrer, dann stieg sie aus, warf einen kurzen Blick auf das sich automatisch wieder schließende Tor, strich den Rock ihres anthrazitfarbenen Kostüms glatt, nahm ihre dünne Aktentasche vom Rücksitz und betrat das Gebäude. Den Pförtner grüßte sie mit einem freundlichen Nicken, dann nahm sie den Aufzug. Während der Lift mit leisem Summen ins nächste Stockwerk fuhr, warf sie einen prüfenden Blick in den Spiegel, der im Lift angebracht war – eine Neuerung, die es erst gab, seit sie dieses Amt übernommen hatte. Sie legte Wert darauf, sich beim Betreten und Verlassen des Hauses einer letzten optischen Kontrolle zu unterziehen. Denn sie wusste, dass sie als Frau in diesem hohen Amt besonders kritisch beäugt wurde, nicht nur von den männlichen Kollegen. Ihr Spiegelbild zwinkerte ihr ein Okay zu, dann verließ sie den Aufzug und betrat das schräg gegenüberliegende Vorzimmer. Ihre Sekretärin, eine im Dienst mehrerer Polizeipräsidenten gestählte rothaarige Mittfünfzigerin mit einer schicken Kurzhaarfrisur, sah von ihrer Arbeit auf und schenkte ihrer Chefin ein knappes Lächeln. „Grüß Gott, Frau Matjes!“

„Hallo, Frau Gerber! War was los?“ Ihre Standardfrage, wenn sie ihr Reich betrat.

„Ich habe Ihnen alle Anrufe auf den Schreibtisch gelegt. Polizeioberrat Herkes hat mich gebeten, ihn anzurufen, wenn Sie zurück sind, er will Sie sprechen. Außerdem bittet Ministerialrat Süßkind vom Innenministerium dringend um einen Rückruf. Er hat nicht gesagt, in welcher Angelegenheit.“

Die Polizeipräsidentin bedankte sich bei ihrer Mitarbeiterin und ergänzte: „Den Herkes rufen Sie mal noch nicht an. Das mache ich selbst. Ich will erst mal mit dem Ministerium sprechen. Und bitte, Frau Gerber, für mich einen starken Kaffee. Mein Kreislauf muss dringend aufgeputscht werden. Dieses schwüle Wetter ist ja unerträglich.“ Schwungvoll öffnete sie die Doppeltüren ihres Büros und schloss sie wieder hinter sich. Ihr ausgesprochen geräumiges Dienstzimmer war stilvoll, aber funktionell eingerichtet. Sie warf ihre Aktentasche auf den großen Besprechungstisch. Dann zog sie ihre Kostümjacke aus und hängte sie über die Rückenlehne eines der Besprechungsstühle.

Den ganzen Vormittag über hatte sie an einem Vortrag im Institut für Rechtsmedizin teilgenommen, der von einem Großteil ihrer Kriminalbeamten besucht worden war. Gegenstand des Referats war „Die Problematik multipler Persönlichkeiten als Straftäter“, ein Teilbereich des Spektrums geistig gestörter Täterpersönlichkeiten, der in den letzten Jahren bei der Verfolgung von Straftätern eine immer größere Bedeutung einnahm.

Nachdem sie sich an dem kleinen Waschbecken die Hände gewaschen hatte, ließ sie sich hinter ihrem ausladenden Schreibtisch nieder. Ein Erbstück von ihrem Amtsvorgänger, der es schon von seinem Vorgänger übernommen hatte. Als sie die sich vor ihr aufstapelnden Akten betrachtete, seufzte sie leise. Viele Vorgänge musste sie nur zur Kenntnis nehmen. Aber Kenntnisnahme bedeutete, die Papiere auch zu lesen. Sie konnte es sich nicht leisten, schlecht informiert zu sein.

Die Tür ging auf und Frau Gerber trug ein kleines Tablett herein, auf dem eine silberfarbene Warmhaltekanne und Kaffeegeschirr standen. „Tut mir leid, Frau Matjes, aber Herr Herkes hat schon wieder angerufen. Es scheint wirklich etwas Dringendes zu sein." Sie stellte das Tablett in Reichweite auf den Schreibtisch.

„Danke, Frau Gerber, ich werde mich gleich darum kümmern."

Die Sekretärin verließ das Zimmer und die Polizeipräsidentin goss sich eine Tasse Kaffee ein. So viel Zeit musste sein. Sie trank ihn stark, schwarz und ohne Zucker. Vorsichtig nahm sie einen Schluck. Dabei schloss sie genussvoll die Augen.

Sie überlegte. Wenn Herkes so drängelte, war es vielleicht besser, ihn vor ihrem Anruf im Innenministerium zu sprechen. Möglicherweise hatte er Informationen, die sie vor dem Telefonat mit München wissen musste. Herkes war der Pressesprecher des Präsidiums und über alle aktuellen Vorfälle im Zuständigkeitsbereich des Präsidiums informiert.

„Ich verstehe auch nicht, weshalb die Presse sich für diesen Seibold so interessiert", sagte Herkes, mit dem sich die Polizeipräsidentin an den Besprechungstisch gesetzt hatte. Frau

Gerber hatte eine zweite Tasse für den Pressesprecher gebracht. „Irgendwie müssen die Herrschaften davon Wind bekommen haben, dass der Mann mitten in Würzburg zusammengebrochen ist. Seibold galt seinerzeit in Frankfurt als Staranwalt. Er ist dort in einigen spektakulären Mafia- und Waffenschieberprozessen aufgetreten und hat der Staatsanwaltschaft und der Polizei das Leben schwergemacht. Seit er wieder nach Würzburg gezogen ist, ist es ruhiger um ihn geworden. Auf jeden Fall wollen einige Journalisten von Ihnen ein Interview. Ich habe recherchiert. Es gibt zwar eine Akte bei der Kripo, aber dabei geht es nur um die ungeklärte Todesursache. Reine Routine. So wie es aussieht, kann der Fall nach dem Ergebnis der Obduktion abgeschlossen werden. Ich habe schon in der Rechtsmedizin angerufen. Schwerer Magendurchbruch. Der Mann ist innerlich verblutet. Keine Anhaltspunkte für eine Straftat. Das Obduktionsprotokoll bekommen wir morgen zugefaxt. Ich wollte Sie nur so schnell informieren, weil die Presseleute noch heute Nachmittag vorbeikommen wollen."

Präsidentin Matjes runzelte die Stirn. „Wenn ich das richtig sehe, ist das nicht eine so bedeutende Sache, dass ich die Presse empfangen müsste. Das machen mal schön Sie, lieber Herkes. Werfen Sie den Haien so viel Futter vor, dass sie zufrieden sind, und damit hat es sich. Ich werde mich jetzt erst mal um meinen Schreibtisch kümmern." Sie wies auf den Aktenstoß und erhob sich.

Herkes trank schnell seine Tasse leer und erhob sich ebenfalls. „Wird erledigt. Schönen Nachmittag noch." Dann eilte er hinaus.

Die oberste Polizistin schritt langsam zum Fenster und sah hinaus auf die Frankfurter Straße, wo gegenüber die Menschen in einem Gartencenter ihre Einkäufe erledigten. Als

Herkes den Namen Theodor Seibold genannt hatte, war sie erschrocken. Sie hatte sich natürlich nicht anmerken lassen, dass der Tote für sie kein Unbekannter war. Es war nicht so, dass sein Ableben sie dramatisch erschüttert hätte, aber es war ihr auch nicht gleichgültig. Es waren Stimmen aus der Vergangenheit, die sich in ihrer Erinnerung bemerkbar machten. Sie würde sich die Akte vorlegen lassen. Die Umstände seines Todes sollte sie kennen.

Sie setzte sich wieder hinter ihren Schreibtisch und schlug die erste Akte auf. Heute würde es wieder spät werden. Zum Glück gab es niemanden, den sie verständigen und um Verständnis bitten musste. Ein Vorteil ihres Single-Daseins. Mit einem wohligen Seufzer entledigte sie sich ihrer drückenden Schuhe.

❖

Der Rächer stellte sein Fahrzeug auf dem Parkplatz eines Gartencenters gegenüber dem Polizeipräsidium ab und blieb sitzen. Von hier aus hatte er einen guten Blick auf das Haupttor, das normalerweise geschlossen war. Er kannte den Privatwagen, den sein nächstes Opfer fuhr. Die Jagd auf diese Beute war wesentlich gefährlicher als die vorausgegangene. Er war sich völlig darüber im Klaren, dass er ein ungemeines Risiko eingehen musste, wenn er sein Vorhaben umsetzen wollte. Über eine Stunde lang hatte er vor dem Schrein gesessen und sich dem Einfluss der Tafel ausgesetzt. Sie gab ihm Kraft und stärkte seinen Willen, das zu tun, wozu er sich verpflichtet fühlte.

An einem Kiosk neben dem Gartencenter hatte er sich rein vorsorglich mit Getränken und zwei Hamburgern eingedeckt. Er wusste nicht, wie lange er hier ausharren musste. Der Mann kannte sich. Hunger und Durst waren bei ihm ein schlechter

Nährboden für Geduld. Den Vollstrecker hatte er zuhause gelassen. Im Augenblick gab es keine Arbeit für ihn, weil der Rächer sein Opfer in dieser Phase nur auskundschaftete. Er musste herausfinden, wo es wohnte. Sosehr er sich auch bemüht hatte, die Adresse zu ermitteln – es war vergeblich gewesen.

Zwischenzeitlich hatte sich das Tor häufig geöffnet. Es waren aber nur unbekannte Fahrzeuge herausgekommen. Polizeibeamte, die in den wohlverdienten Feierabend fuhren.

Die Dämmerung brach herein und es wurde Nacht. Nur noch vereinzelte Fahrzeuge standen auf dem Parkplatz des Gartencenters. Hatte seine Beute womöglich in einem Dienstwagen das Gelände des Polizeipräsidiums verlassen? Es war kurz vor dreiundzwanzig Uhr, als sich das Tor erneut öffnete. Elektrisiert richtete sich der Rächer auf. Das war das Auto, auf das er gewartet hatte.

Er startete den Motor seines Geländewagens und beeilte sich, den Parkplatz zu verlassen. Seine Beute fuhr auf der Frankfurter Straße in Richtung Zell, um dann in die Mainaustraße abzubiegen und Richtung Innenstadt zu fahren. Der Verfolger bemühte sich, ausreichend Abstand zu halten, damit seine Beute nicht misstrauisch wurde. Vorbei an der Brücke der Deutschen Einheit fuhr sie weiter in die Dreikronenstraße. Trotz der späten Stunde war der Verkehr so dicht, dass er aufschließen konnte, ohne dass er Gefahr lief, aufzufallen. Wenig später befuhr sie die Mergentheimer Straße in Richtung Heidingsfeld. Der Rächer wusste, dass sein Opfer im Städtle wohnte, wie die „Hätzfelder" ihren Ortsteil liebevoll nannten. Ohne Schwierigkeiten konnte er ihr folgen. Im Ortskern leuchteten plötzlich die Bremslichter des verfolgten Wagens auf und die Geschwindigkeit reduzierte sich auf Schritttempo. Das Fahrzeug bog in eine Parklücke ein. Der Rächer fluchte.

Er musste versuchen, in der Nähe einen Abstellplatz zu finden. Wenn er sich nicht beeilte, würde er sein Opfer aus den Augen verlieren. Er blieb kurz in zweiter Reihe stehen, um zu sehen, in welche Richtung die verfolgte Person ging. Es schien, als steuere sie ein Café an, durch dessen hell erleuchtete Scheiben er mehrere Gäste erkennen konnte. Als er sich noch Gedanken darüber machte, was wohl der Grund für diesen Besuch war, ertönte hinter ihm auch schon die Hupe eines Autofahrers, der sich über ihn empörte, weil er mitten auf der Fahrbahn hielt. Zähneknirschend fuhr der Rächer weiter. Auf keinen Fall durfte seine Beute durch das Hupen auf ihn aufmerksam werden. Wütend schlug er auf das Lenkrad und fuhr weiter. Es blieb ihm nichts anderes übrig, als seine Aktion für heute abzubrechen.

Donnerstag

Elvira Stark saß in einem Straßencafé in der attraktiven Bamberger Fußgängerzone und genoss einen Cappuccino. Viel lieber hätte sie sich ja einen der reichhaltigen Eisbecher gegönnt, wie sie der Ober an die anderen Tische brachte, aber sie hatte in den letzten Wochen mit einer neuen Diät, die in der Würzburger Main-Postille abgedruckt gewesen war, fast sechs Kilo abgespeckt und wollte diesen Erfolg nicht durch eine derartige Kalorienbombe zunichtemachen. „Schlank durch Schoppen“ war eine Abnahmeempfehlung, die ihr gleich von Anfang an sympathisch gewesen war. Wesentlicher Bestandteil dieser Kur war es, neben ausreichend Bewegung an frischer Luft und zwei leichten Mahlzeiten am Tag die Abendmahlzeit durch zwei Schoppen trockenen Frankenwein zu ersetzen. Sie hatte zunächst ihre Zweifel gehabt, ob diese Diät auch wirklich funktionieren würde. Als dann aber ab dem dritten Tag die Pfunde nur so purzelten, war sie begeistert gewesen. Zumal das am Abend einsetzende Hungergefühl mit zwei Schoppen Silvaner unproblematisch zu ertragen war.

Nicht dass es Elvira nötig gehabt hätte abzunehmen. Sie hatte alle Pfunde am rechten Platz, war wohl proportioniert und durchaus knackig. Diese Konstitution verdankte sie weniger ihrer Lebensweise als ihren Genen, die ihr ein straffes

Bindegewebe und eine glatte Haut beschert hatten. Orangenhaut war für sie die Schale einer Südfrucht und sonst nichts.

Der Aufenthalt in Bamberg war das Ergebnis eines Entschlusses, den Elvira einige Wochen zuvor gefasst hatte. Ihre Beziehung zu Erich Rottmann trat auf der Stelle. Alle ihre Versuche, ihre Jugendliebe wieder aufzufrischen und das Feuer ihrer Leidenschaft auf einem altersgemäßen Niveau anzufachen – wobei sie bei ihren Überlegungen durchaus von einem gehobenen Niveau ausging –, waren an den äußeren widrigen Umständen oder an der Begriffsstutzigkeit Erich Rottmanns gescheitert. Sie war sich allerdings nicht sicher, ob Letztere nicht Taktik war. Elvira war davon überzeugt, dass Erich Rottmann im Grunde gar nicht so abgeneigt war. Allerdings schien ihm die lose Verbindung mit einer gutaussehenden Frau in der Nachbarschaft vollkommen zu genügen. Lange hatte sie überlegt, wie sie frischen Wind in ihre Beziehung bringen könnte.

Was macht eine Frau, wenn sie in Liebesdingen Rat benötigt? Sie spricht mit einer guten Freundin. Eine solche war Betty Dechanter, die mit einem Juristen verheiratet war und in Bamberg lebte. Betty hatte sich Elviras Nöte angehört und ihr zwei Tage später einen Auszug aus dem Programm der Volkshochschule Bamberg geschickt. Dort wurde ein dreitägiger Kurs mit dem Titel „Ein dicker Fisch am Haken – Wie angle ich mir auch in reiferen Jahren einen Liebhaber?“ angeboten. Betty hatte ihr mitgeteilt, dass sie einen der letzten Plätze für Elvira reserviert hatte. Zunächst hatte Elvira gezögert, schließlich war dieses Angebot schon sehr provokant. Nach einem längeren Telefongespräch mit Betty hatte sie sich schließlich entschlossen, nach Bamberg zu fahren.

Eine der ersten Empfehlungen der Kursleiterin, einer Psychologin, die sich an der Universität Bamberg in der Primatenforschung und der vergleichenden Verhaltensforschung betätigte, war, die Aufmerksamkeit der männlichen Zielperson durch eine deutliche Veränderung des eigenen Äußeren zu wecken. Hintergrund dieser Empfehlung war die Tatsache, dass beispielsweise männliche Schimpansen dann auf ein schon bekanntes Weibchen mit verstärkter Neugier und damit verstärkter Zuwendung reagierten, wenn die Forscher dieses Weibchen in seinem Erscheinungsbild veränderten, etwa durch das Auftragen geringer Mengen von Lebensmittelfarbe.

Elvira hatte diese einleuchtende Erkenntnis sofort umgesetzt: Sie kam gerade vom Frisör. Nach einer längeren Typberatung hatte sie kurzentschlossen ihre gewohnte Dauerwelle durch eine pfiffige Kurzhaarfrisur ersetzt, die ihr volles Gesicht positiv zur Geltung brachte. Das ihr plötzlich altbacken vorkommende Brünett hatte einem kräftigen Mahagoni weichen müssen. Als sie sich nach der Verwandlung im Spiegel betrachtete, blickte ihr eine völlig veränderte Elvira entgegen. Es würde sicher ein, zwei Tage dauern, bis sie sich an den neuen Look gewöhnt hatte, aber sie spürte schon jetzt frische Energie durch ihren Körper strömen. Kein Cent der am Ende der Behandlung zu begleichenden Rechnung des Haarkünstlers tat ihr leid. Fehlte nur noch ein entsprechendes Outfit, das zu ihrem neuen Typ passte. Betty hatte ihr schon versprochen, dass sie in den nächsten Tagen mit ihr eine ausgiebige Shoppingtour unternehmen würde. Elvira war bereit, auch hierfür einen nennenswerten Betrag zu berappen.

Nachdem sie ihren Cappuccino gezahlt und sich in den Strom der Menschen in der Fußgängerzone eingefädelt hatte, glaubte sie die Blicke eines sonnengebräunten Herrn auf sich zu spüren. Unwillkürlich richtete sie sich auf und achtete auf ihren Gang. An der Schimpansentheorie ihrer Kursleiterin schien etwas dran zu sein. Die Frage war nur, ob auch Erich

Rottmann diesem Verhaltensschema entsprach. Dabei hatte sie keinerlei Probleme, sich Erich Rottmann als brummiges Schimpansenmännchen vorzustellen.

In einer halben Stunde würde der Kurs fortgesetzt werden. Heute ging es darum, wie Frauen, die ein gewisses Alter überschritten haben, ihre nach wie vor vorhandene erotische Ausstrahlung betonen können. Elvira war gespannt.

❖

Erich Rottmann, der keine Ahnung davon hatte, was sich da in Oberfranken zusammenbraute, ließ sich kurz vor elf Uhr in den Sitz des Frisörs seines Vertrauens fallen.

„Na, Erich, was darf's denn sein?", fragte Werner Rogen, während er seinem Stammkunden einen dunkelbraunen Umhang über den Oberkörper warf.

Öchsle, der diese etwa alle sechs Wochen fällige Prozedur kannte, verdrückte sich in eine Ecke und rollte sich zusammen. Werners Ehefrau hatte ihn mit einem wohlschmeckenden Kauknochen versorgt, so dass es ihm nicht langweilig wurde.

„Das fragst du mich jedes Mal", gab Rottmann brummig zurück. „Hab ich schon mal anderes verlangt als meine Kurzhaarfrisur? Schmeiß deinen Rasenmäher an, stell einen halben Zentimeter ein und dann quer drüber. Das dürfte wohl kein Problem sein."

Frisör Werner kannte diesen speziellen Kunden schon so viele Jahre, dass er ihm seine Brummigkeit in keiner Weise verübelte. Schon als Rottmann noch der Chef der Mordkommission war, hatte er seinen Frisörsalon regelmäßig besucht. Von der Polizeidirektion in der Augustinerstraße bis zu seinem Salon in der Franziskanergasse war es ja auch nur ein Katzensprung gewesen.

„Mit Haarwäsche?", wollte Werner wissen.

„Habe erst vor einer Stunde geduscht", gab Rottmann knapp zurück. „Hau einfach drüber. Ich hab's heute ein bisschen eilig."

„Hau einfach drüber", echote der Frisör unwillig. „Ich möchte dich mal sehen, wenn ich einfach nur ‚drüberhauen' würde. Da hättest du mehr Stufen auf deinem Charakterkopf als der Weg zum Käppele Treppen hat."

Plötzlich warf der Frisör den Kopf herum und schickte einen Blick nach rechts durch ein lamellenverhangenes Schaufenster hinaus auf die Straße. Rottmann, der seinen Kopf gerade rückwärts auf das Waschbecken legte, meinte anzüglich: „Kein Wunder, dass du ständig Nackenprobleme hast, wenn du immer den hübschen Mädchen auf der Straße nachschaust."

Der Frisör grinste, während er Rottmann aus einer Sprühflasche kaltes Wasser auf den Kopf spritzte. „Ist die Wassertemperatur so recht?", fragte er scheinheilig. Rottmann fluchte.

Unbeeindruckt erklärte Werner: „Meine Frau sagt immer: Appetit holen ist erlaubt, gegessen wird zuhause."

Zwanzig Minuten später kehrte Frisör Werner die schneeweißen Haare zusammen, die wie gefallener Schnee rings um den Stuhl auf dem Boden lagen.

Mit geschnittenen Haaren und gestutztem Vollbart verließ Erich Rottmann mit Öchsle den Frisiersalon. Er blieb kurz stehen und zündete sich seine Pfeife an. Der Exkommissar hatte sich vorgenommen, heute mit Meyer aus der Rechtsmedizin Kontakt aufzunehmen. Dessen Urlaub musste vorbei sein. Gewöhnlich machte Gottfried Meyer um zwölf Uhr Mittag, verließ aber nicht das Institut. Über den Rücken des ehemaligen Kriminalbeamten lief ein kalter Schauer, als er daran dachte, wie Meyer einmal aus demselben Kühlschrank, in dem die asservierten Organe obduzierter Leichen aufbewahrt wurden, seine Brotzeitbox geholt hatte und es sich hatte schmecken lassen.

Beim Stichwort Brotzeit meldete sich Rottmanns Magen. Das Frühstück lag schon einige Zeit zurück und die kleine Zwischenmahlzeit beim Stammtisch war auch ausgefallen, weil Rottmann wegen des Frisörbesuchs nicht im Maulaffenbäck gewesen war. Mit einem „Öchsle, komm!“ drehte er sich um und marschierte in Richtung Marktplatz. Er gedachte sich eine Geknickte, eine Würzburger Spezialität in Form einer in der Mitte durchgebrochenen Bratwurst im Weck am Bratwurststand am Unteren Markt zu holen.

Es war sommerlich heiß, so dass sich Erich Rottmann die Wurst auf einer Bank im Schatten der Marienkapelle schmecken ließ. Selbstverständlich bekam Öchsle einen Happen ab.

Nachdem sich Rottmann mit einer Serviette den Bart abgewischt hatte, griff er zum Mobiltelefon. Er wählte Meyers Nummer.

„Institut für Rechtsmedizin, Meyer“, kam es diesmal knapp aus dem Lautsprecher.

„Servus, Gottfried“, meldete sich Rottmann. Ehe er weitersprechen konnte, fiel ihm Meyer ins Wort.

„Ja, der Rottmanns Erich. Sag mal, hast du einen siebten Sinn? Ich bin heute den ersten Tag aus dem Urlaub zurück.“

Rottmann musste lachen. „Gottfried, du weißt doch, dass solche verdächtige Typen wie du ständig unter Überwachung stehen. Nein, Spaß beiseite, eure Sekretärin hat mir gesagt, dass du heute wieder den Dienst antrittst.“

Meyer, der natürlich wusste, dass Rottmann nicht anrief, um sich zu erkundigen, wie er sich im Urlaub erholt hatte, entgegnete: „Erich, was treibt dich durch die Leitung an mein Ohr?“

Rottmann schilderte ihm kurz die Geschehnisse um Seibold, dann fuhr er fort: „Er wurde obduziert und mich interessiert das Ergebnis."

Die Bitte Rottmanns löste bei Meyer keine Verwunderung aus. Schon oft hatte er den Exkommissar mit Informationen aus erster Hand versorgt. Diesmal musste er jedoch passen. „Erich, der Name Seibold sagt mir nichts. So wie du das schilderst, wurde er während meines Urlaubs untersucht."

„Das kann schon sein", sagte Rottmann. „Aber kannst du mir nicht das Obduktionsprotokoll beschaffen?"

„Ich werde bei uns nachfragen, wer die Untersuchung durchgeführt hat. Unsere Pathologen sind im Urlaub und wir arbeiten teilweise mit Aushilfen. Aber das bekomme ich raus. Ist es eilig oder reicht es, wenn ich dir eine Kopie des Protokolls mit der Post schicke?"

„Können wir es nicht wie immer machen? Du steigst an der Juliuspromenade aus der Straßenbahn, gibst mir das Protokoll ..."

„... und du gibst mir im Juliusspitalweingut einen Schoppen aus", ergänzte Meyer den Satz. Es hatte sich zwischen ihnen eingebürgert, dass Rottmann das Honorar für derartige Dienste in flüssiger Form entrichtete.

„Wann?", wollte Rottmann wissen.

„Heute", gab Meyer knapp zurück. „Bei uns war nichts los, so dass ich wahrscheinlich pünktlich rauskomme. Wenn ich gehe, ruf ich dich an."

„Ich bin zuhause", erklärte Rottmann und beendete das Gespräch. Er erhob sich von der Bank. Nach kurzer Überlegung beschloss er, in Richtung Main zu gehen. So bekam Öchsle ein wenig Bewegung und er konnte nachdenken.

Eine knappe Dreiviertelstunde später bog Rottmann vom Main kommend in die Rosengasse ein. Elviras Wohnung lag im Dachgeschoss des Nachbargebäudes. Vor dem Hauseingang blieb er kurz stehen. Eigentlich konnte er die Pflanzenbetreuung gleich hinter sich bringen. Er hatte Elviras Schlüssel an seinem Schlüsselbund befestigt. Kurzentschlossen öffnete er die Haustür. Öchsle hielt sich dicht hinter ihm. Im Treppenhaus eilte er dann voraus. Der Rüde bewältigte dank seines Vierpfotenantriebs die Stufen natürlich wesentlich leichter als Rottmann. Rottmann schloss auf und trat ein. Öchsle suchte sich gleich einen Platz neben der Couch und rollte sich zusammen.

Erich Rottmann stellte neidvoll fest, dass Elviras Wohnung im Gegensatz zu seiner immer aufgeräumt war, ohne allerdings steril zu wirken. Es roch auch gut, wobei er nicht sagen konnte, wonach.

Auf dem Wohnzimmertisch lag eine Nachricht.

„Lieber Erich, herzlichen Dank, dass Du Dich um meine Pflanzen kümmerst. Eine Gießkanne mit Wasser steht in der Badewanne. Die Orchideen im Wohnzimmer – das sind die blühenden Pflanzen – benötigen nur einen kleinen Schuss Wasser. Die Grünpflanzen am Fenster im Esszimmer können dagegen etwas mehr vertragen. Sobald das Wasser in den Untersetzer austritt, aufhören, das genügt. Bleibt noch die Männertreu im Schlafzimmer. Sie braucht reichlich Wasser. Keine Angst, sie beißt nicht.

Für Öchsle liegt eine Packung mit Wienerwürstchen im Kühlschrank. Gib sie ihm aber auch!

Nochmals herzlichen Dank für Deine Hilfe.

Schöne Grüße, Deine Elvira“

Rottmann runzelte die Stirn. Wer kam denn auf so eine bescheuerte Idee, eine Pflanze „Männertreu“ zu nennen? Womöglich war das nur eine Erfindung von Elvira, um ihm auf ihre dezente Art einen Seitenhieb zu verpassen. Brummend marschierte er ins Bad und holte den Blumengießer. Selbstverständlich hatte Elvira ihn schon mit Wasser gefüllt. Wahrscheinlich war sie der Meinung, dass er dazu nicht fähig sei.

Nachdem der Exkommissar alle Pflanzen versorgt hatte, holte er aus dem Kühlschrank die Wienerchen. Öchsle freute sich natürlich wie verrückt und führte einen entsprechenden Freudentanz auf. So schnell konnte Rottmann gar nicht schauen, wie die Würste im Maul des Rüden verschwanden. „An dir ist wirklich ein Fleischwolf verloren gegangen", stellte Rottmann fest und wischte sich die Hände an seiner Cordhose ab. Dann verließen beide wieder die Wohnung.

Zuhause angekommen schwankte er zwischen Mittagsschlaf und Abwasch. In der Spüle befand sich einiges an Geschirr, das der Reinigung bedurfte. Elviras saubere Wohnung vor Augen, überwand er den inneren Schweinehund und ging in die Küche. Öchsle verzog sich in sein Körbchen. Rottmann warf ihm einen neidischen Blick zu, dann machte er sich an die Arbeit. Eine gute halbe Stunde später lag auch er auf der Couch und widmete sich der Augenpflege. Das Mobiltelefon lag neben ihm auf dem Tisch.

Obwohl Rottmann als Klingelton eine Fanfarenversion des Frankenliedes eingestellt hatte, empfand er das Läuten des Telefons, das ihn aus dem Schlaf riss, nicht als angenehm.

Er setzte sich auf. „Rottmann!", meldete er sich. Anscheinend war ihm anzumerken, dass er gerade noch friedlich geschlummert hatte. Jedenfalls kam Meyers Stimme sehr laut aus dem Hörer. „Aufwachen!", grölte er. „Du bist doch kein aktiver Beamter mehr! Wobei ja eigentlich das eine das andere ausschließt!"

„Ha, ha", erwiderte Rottmann. Er ärgerte sich über solche unqualifizierten Äußerungen Meyers schon lange nicht mehr. Meyer war halt Meyer. „Hast du was herausgefunden?"

„Ich habe dir das Protokoll kopiert. Steht aber nichts Besonderes drin. Weiß gar nicht, was dich daran so interessiert."

„Wann kannst du in der Juliusspital-Weinstube sein?" Rottmann ging auf Meyers Bemerkung nicht ein.

„Setz dich schon mal rein. So kurz vor fünf wird es bei mir schon werden."

Rottmann war einverstanden.

Kurz vor halb fünf nahm Erich Rottmann den Platz am Zweiertisch unter dem Gemälde des streng dreinschauenden Fürstbischofs Julius Echter von Mespelbrunn, des Stifters des Juliusspitals, ein. Um diese Uhrzeit war das Weinlokal in erster Linie von Touristen besucht. Die meisten Gäste saßen allerdings im Außenbereich, so dass man sich im Lokal ungestört unterhalten konnte. Rottmann saß mit dem Rücken zur Wand auf der dort umlaufenden Sitzbank, von wo aus er den Raum gut überblicken konnte. Öchsle hatte sich unter dem Platz seines Menschen zusammengerollt. Als erfahrener Hund eines Schoppenfetzers wusste er, dass der Aufenthalt an derartigen Örtlichkeiten dauern konnte.

Gottfried Meyer war fast auf die Minute pünktlich. Als er auf Rottmann zukam, zog dieser erstaunt die Augenbrauen in die Höhe. Meyer schien in den wenigen Tagen Urlaub tatsächlich etwas Farbe bekommen zu haben. Normalerweise stand er seinen bleichen „Kunden", was die Gesichtsfarbe betraf, in nichts nach.

„Servus, Erich", grüßte er, dabei gab er Rottmann kurz die Hand und ließ sich ihm gegenüber nieder. Er legte seine schmale Aktentasche auf die Bank.

Dem Exkommissar fiel sofort auf, dass Meyer, obwohl er den gleichen grauen Anzug wie immer trug, heute nicht von der vertrauten Formalinwolke umgeben war. Vermutlich hatte sich das gute Stück während der freien Tage in der Reinigung befunden. Rottmann war dankbar dafür. Er gab dem Ober einen Wink.

Nachdem beide ihre Schoppen bestellt hatten, griff Meyer in die Innentasche seines Anzugjacketts und holte ein paar gefaltete Bögen heraus.

„Wie bereits gesagt fand die Obduktion dieses Seibolds während meines Urlaubs statt." Er faltete die Blätter auseinander und legte sie vor Rottmann auf den Tisch. Der ehemalige Leiter der Mordkommission kannte sich mit derartigen Protokollen aus. Sofort sah er nach der letzten Seite, auf der sich die zusammenfassenden Untersuchungsergebnisse befanden.

„Du siehst, es war eine ganz natürliche Todesursache. Hoher Blutverlust infolge eines durchgebrochenen Magengeschwürs. Anschließend Schock und dann Exitus."

Rottmann rieb sich unbewusst über den Nacken. Offenbar waren ein paar abgeschnittene Haarspitzen zwischen Hemd und Hals gerutscht und verursachten nun einen unangenehmen Juckreiz. Er las den letzten Absatz nochmals durch, dann fragte er: „Ist das normal, dass man an einem Magendurchbruch gleich stirbt? Seibold muss doch Symptome gehabt haben, die auf eine solche Erkrankung hinwiesen."

Meyer zuckte mit den Schultern. „Nun, das wird er uns wohl nicht mehr sagen können. Wahrscheinlich kamen zu dem Blutverlust und dem Schock noch andere Komplikationen hinzu. Du siehst ja, dass Dr. Cinturafresa, der die Obduktion durchgeführt hat, heftige Einblutungen in den Bauchraum beschrieben hat. Es deutet zudem einiges darauf hin, dass er ein gerinnungshemmendes Medikament eingenommen hat, was auch die Blutmenge erklären würde. Das wird aber noch im Labor untersucht und dauert einige Wochen."

Rottmann runzelte die Stirn. „Dr. Cinturafresa? Kenne ich gar nicht. Ein Neuer?"

Meyer nahm einen Schluck von seinem Silvaner, dann erwiderte er: „Dr. Salvatore Cinturafresa ist ein Pathologe, der in Italien Jahrzehnte an einer Universitätsklinik gearbeitet hat. Er betreibt in Würzburg seit einigen Jahren ein privates pathologisches Institut. Ich hab dir doch schon gesagt, dass bei uns zurzeit auch Vertretungen arbeiten, weil sich fast alle Kollegen im Urlaub befinden. Das geht ja sogar so weit, dass in Einzelfällen die Pathologen am Tisch ohne Assistenten arbeiten müssen. Auch Cinturafresa hat Seibold allein untersucht. Das Protokoll wird dabei in ein über dem Sektionstisch hängendes Diktiergerät gesprochen. Einsparungen überall, wo du hinblickst."

Erich Rottmann faltete die Blätter zusammen und hob sie hoch. „Die kann ich doch mitnehmen?"

„Kannst du", antwortete Meyer. „Aber wie immer weißt du nicht, woher du sie bekommen hast. Sonst komm ich in Teufels Küche."

„Keine Sorge", beruhigte ihn Rottmann. „Du hast dich doch schon immer auf mich verlassen können." Er steckte die Blätter in seine Joppentasche. Da fiel ihm noch etwas ein: „Sag mal, ist die Leiche schon freigegeben?"

„Ja. Soweit ich weiß, soll er verbrannt werden. Aber die haben im Krematorium in Schweinfurt zurzeit einen ziemlichen Rückstau. Das kann schon noch ein paar Tage dauern, bis er verbrannt wird. Im Augenblick liegt er noch bei uns in der Kühlung. Warum willst du das wissen?"

Rottmann winkte ab. „Ach, nur so. Es wird also mit der Urnenbeisetzung noch einige Zeit dauern. Nachdem er bei uns am Stammtisch aufgenommen werden sollte, werden wir Schoppenfetzer ihm selbstverständlich die letzte Ehre erweisen."

Sie saßen noch eine halbe Stunde zusammen. Schließlich tranken sie aus und verließen die Weinstube. Meyer nahm die nächste Straßenbahn, Rottmann schlenderte gemächlich über die Juliuspromenade in Richtung Maulaffenbäck und rauchte dabei seine Pfeife. Bis zum Stammtisch rentierte es sich nicht mehr heimzugehen. Öchsle hatte wenige Meter voraus eine schlanke Dackelhündin entdeckt, die seine Aufmerksamkeit erregte. Ohne Zögern näherte er sich ihr mit aufgerichteter Rute und hoch aufgerichtetem Imponiergang. Die Dame schien aber nicht interessiert zu sein. Giftig bellend ging sie urplötzlich auf Öchsle los. Der Rüde machte mit angelegten Ohren einen Satz zur Seite und trottete zu Rottmann zurück. Der schüttelte nur den Kopf und nuschelte mit Pfeife im Mund: „Öchsle, Öchsle, du wirst in diesem Leben auch nicht mehr schlau. So sind sie halt mal, die Damen.“

Die Tatsache, dass Seibold offenbar eines natürlichen Todes gestorben war, beruhigte ihn zwar, ein kleiner Restzweifel aber blieb. Die Instinkte des ehemaligen Leiters der Mordkommission waren in den vielen Jahres des Polizeidienstes geschärft worden. Man könnte fast sagen, dass er einen siebten Sinn für zweifelhafte Todesfälle entwickelt hatte. Er fühlte dann immer ein leichtes Kribbeln in der Nase, das ihm sagte: „Erich, da stimmt etwas nicht!“ Dieses Kribbeln hatte er auch bei Seibold gespürt.

Freitag

Die Würzburger Rathausopposition hatte sich nach zähem Ringen endlich dazu entschlossen, in den nächsten Wochen eine konzertierte Aktion gegen die Rathausregierung zu starten. Mit massiver Öffentlichkeitsarbeit wollten die nicht an der Regierung befindlichen Parteien auf die zahlreichen, ihrer Meinung nach missglückten, verschleppten und nicht entschiedenen Bauprojekte in der Stadt nachdrücklich aufmerksam machen. Unter dem Motto „PPP – Pleiten, Pech und Pannen“ sollte der Bevölkerung an dem neu ins Leben gerufenen „Tag des unvollendeten Bauwerks“ das bisherige Scheitern von Projekten wie Hotelturm, Ämtergebäude und Mozartareal in Erinnerung gerufen werden. Zu diesem Zweck hatte man beschlossen, an den genannten Objekten größere Events zu starten, zu denen auch die Prominenz der Stadt eingeladen werden sollte.

Die Polizeipräsidentin betrachtete nachdenklich die Einladungskarte, die sie zu diesen Veranstaltungen erhalten hatte. Sie konnte sich sehr gut vorstellen, dass Oberbürgermeister Thalrose nicht zu den Befürwortern zählen würde. Trotzdem musste sie lächeln. Die Idee war sicher geeignet, das politische Bewusstsein in der Stadt zu schärfen, was dringend notwendig war. Sie bedauerte es fast ein wenig, dass sie ihrem Amt eine gewisse Neutralität schuldete, die eine Beteiligung an politischen Auseinandersetzungen verbot. Sie hatte über ihre Sekretärin ermitteln lassen, dass auch die Landgerichtspräsidentin, der Bischof und der Regierungspräsident ihr Erscheinen vermutlich aus demselben Grund abgesagt hatten. Sicher würde es in den nächsten Tagen interessante Presseberichte geben.

Stattdessen würde sie an einer Trinkbelastungsprobe im Institut für Rechtsmedizin teilnehmen. Hierbei handelte es sich nicht, wie man vielleicht annehmen könnte, um ein dienstlich begründetes Trinkgelage. Dies war eine hochseriöse wissenschaftliche Untersuchung, an der Vertreter der Strafverfolgungs- und Ermittlungsbehörden teilnahmen, um am eigenen Leib zu erfahren, wie sich Alkoholgenuss in verschiedenen Stadien auf den menschlichen Organismus auswirkt. Dabei wurden regelmäßig der Promillegehalt der Atemluft gemessen und Reaktionstests durchgeführt, so dass die Teilnehmer, bezogen auf ihre persönliche körperliche Verfassung, Aufschluss über ihr konkretes, alkoholbelastetes Verhalten erhielten. Vor allen Dingen für junge Polizisten war die Erfahrung aus diesem Test sehr lehrreich.

Sie warf einen Blick auf ihren Terminkalender. Heute war Freitag. Für das Wochenende hatte sie eine Wanderung im Fichtelgebirge geplant. Eine wunderbare Gelegenheit, sich zu erholen und sich nebenbei einige Gedanken über ein paar dienstliche Angelegenheiten zu machen.

❖

Am Nachmittag desselben Tages ging um die Mittagszeit bei der Notrufzentrale der Feuerwehr die Meldung ein, dass im Stadtteil Sanderau, in der Liegnitzer Straße, aus der Wohnung eines gewissen Robert März im dritten Stock eines Mietshauses ein ekelhafter Geruch kommen würde, der das ganze

Treppenhaus verpestete. Nachbarn des Mieters hätten schon heftig an die Wohnungstür geklopft, aber es sei keine Reaktion erfolgt. Daraufhin schickte die Einsatzzentrale eine Streifenbesatzung. Die Polizeibeamten versuchten ebenfalls ihr Glück, erreichten aber genauso wenig wie die Nachbarn. Daraufhin forderte der Streifenführer die Feuerwehr und den Rettungsdienst an. Wenig später rückten sechs Feuerwehrleute und zwei Rettungsassistenten an. Nachdem die Polizisten das Treppenhaus von neugierigen Mitbewohnern geräumt hatten, öffnete ein Feuerwehrmann mit technischem Gerät die Wohnungstür. Als die Tür nach innen schwang, schlug den Helfern ein bestialischer Gestank entgegen. Das Schlimmste ahnend, betraten die Männer die unaufgeräumte Wohnung. Als einer der Rettungsmänner die Tür zum Wohnzimmer öffnete, erwartete ihn ein Anblick, der starke Nerven verlangte: Mitten im Raum lag eine Leiche am Boden, die bereits stark in Verwesung übergegangen war, vermutlich der Bewohner.

Einer der Männer öffnete das Fenster, weil selbst für die abgehärteten Nasen der Helfer der Gestank kaum zu ertragen war. Der Tote lag auf dem Boden neben einem großen Sideboard, auf dem drei etwa gleichgroße Terrarien standen.

Einer der Rettungsassistenten beugte sich kurz über den Toten, dann meinte er: „Das ist wohl ein Fall für die Rechtsmedizin. Für uns gibt es da nichts mehr zu machen.“ Er gab seinem Kollegen einen Wink und sie verließen mit einem kurzen Gruß die Wohnung.

Plötzlich stieß einer der Polizeibeamten einen Warnruf aus. „Aufpassen! In den Terrarien sind Schlangen!“

Die Feuerwehrleute blieben wie angewurzelt stehen und rissen erstaunt die Augen auf. Tatsächlich, in zwei der Glasbehälter lag, zusammengerollt und durch Pflanzen leicht verdeckt, jeweils eine Schlange. Die Reptilien schienen zwar bewegungslos, doch am gelegentlichen Vorstoßen ihrer gespaltenen Zunge war zu sehen, dass sie lebten. Mit starrem Blick beobachteten sie das Geschehen im Raum.

Der Einsatzleiter der Feuerwehr wies plötzlich auf das dritte Terrarium und rief alarmiert: „Leute, wir müssen sofort raus. Schaut hin, der Deckel dieses Terrariums liegt unten neben dem Toten und es ist leer. Es sieht ganz so aus, als wäre der Mann von der eigenen Schlange gebissen worden. Ich vermute mal, dass das Biest noch hier im Raum ist!"

Mit blassen Gesichtern bewegten sich die Polizeibeamten langsam aus dem Zimmer. Dabei huschten ihre Blicke nervös im Raum umher. Auch die Feuerwehrleute zogen sich zurück.

„Wir müssen jemanden verständigen, der die Schlange einfängt. Vorher kann der Tote nicht geborgen werden." Der Einsatzleiter der Feuerwehr griff zum Handfunkgerät und rief seinen Kollegen in der Zentrale an. Es dauerte einige Zeit, bis er ihm die Problematik geschildert hatte. Der Mann in der Funkzentrale versprach, so schnell wie möglich einen Reptilienexperten vorbeizuschicken.

Doch es dauerte fast eine Stunde, bis der Reptilienexperte erschien. Es handelte sich um einen Wissenschaftler des Zoologischen Instituts der Universität Würzburg. Er trug hochschäftige Lederstiefel, hatte Lederhandschuhe mit langen Stulpen dabei und mehrere Behältnisse, die die Schlangen aufnehmen sollten. Unter dem Arm geklemmt trug er einen Schlangenhaken – ein Fanggerät, das wie ein langer Schürhaken aus Kohleofenzeiten aussah.

„Hallo die Herrschaften, mein Name ist Marstal. Die Feuerwehr hat im Institut angerufen, dass ein paar Schlangen einzufangen wären? Na, wo sind denn die lieben Kleinen?" Er wirkte sehr entspannt und man konnte ihm ansehen, dass er die bevorstehende Fangaktion relativ locker angehen würde. Einen Moment später stieg ihm der Verwesungsgeruch in die Nase. Angeekelt verzog er das Gesicht. „Was stinkt denn hier so?“, wollte er wissen. „Ist eine von den Schlangen verendet?“

Einer der Polizisten klärte ihn über die Situation auf. Als der Mann hörte, dass er in ein Zimmer mit einer verwesenden Leiche gehen sollte, wurde er bleich. „Von einem Toten hat mir aber keiner etwas gesagt.“ Er stöhnte.

„Hilft alles nichts“, sagte der Polizeibeamte ungeduldig. „Wenn Sie die Biester nicht einfangen, können wir da nicht rein und die Leiche abtransportieren. Jetzt machen Sie schon, es wird Sie nicht gleich umbringen. Wir müssen es ja auch aushalten.“ Energisch ging er voraus und öffnete die Wohnzimmertür.

Als der Schlangenspezialist nun den vollen Schwall des Leichengeruchs abbekam und den Toten sah, begann er zu würgen.

„Sind Sie Raucher?“, fragte der Polizeibeamte und hob seinen Glimmstängel in die Höhe. „Alter Polizeitrick. Der Rauch der Zigarette mildert den Leichengestank.“ Er blies eine Wolke in Richtung des Mannes.

Der Wissenschaftler lehnte dankend ab, griff in seine Jacke und band sich ein Stofftaschentuch vor Mund und Nase. Schließlich gab er sich einen Ruck und trat ein. Er war bemüht, den Blick auf die Terrarien zu konzentrieren. Mit dem Rücken zum Toten musterte er die Bewohner fachkundig.

„Da sind ja ein paar ganz herzallerliebste Vertreter ihrer Gattung versammelt“, erklärte er einen Moment später. „Das hier ist eine Klapperschlange und dies eine Boomslang, Letztere eine Schlangenart, die sehr selten bei Schlangenhaltern vorzufinden ist. Der Biss einer Klapperschlange ist schon nach kurzer Zeit absolut tödlich, wenn man kein Gegengift greifbar hat. Der Biss einer Boomslang ist ebenfalls sehr giftig, jedoch tritt die Wirkung oftmals zeitlich verzögert auf. Was dennoch sehr problematisch ist, weil die Wirkung unterschätzt wird. Ohne Gegengift ist auch bei ihr der Tod sicher." Er schüttelte den Kopf. „Diese Schlangenhaltung hier ist doch mit Sicherheit illegal. Die Stadt würde so etwas niemals genehmigen." Misstrauisch sah er sich um. „Jetzt erhebt sich nur die Frage, welche Überraschung das dritte Terrarium beheimatete."

„Die Tür war zu, als wir kamen", erklärte der Polizist von der Tür her. „Die Schlange muss also noch im Zimmer sein."

„Wahrscheinlich hat sie sich irgendwo unter der Couch verkrochen", mutmaßte Marstal. „Alle anderen Möbel sind zu niedrig. Das wird nicht einfach. Ich muss die Couch vorsichtig verrücken, damit ich an sie rankomme. Das wird sie sicher nervös und angriffslustig machen. Meine Herren, Sie halten sich also bitte weiterhin außerhalb auf. Ich denke, ich komme zurecht."

Er stellte die Behälter zur Seite, öffnete deren Deckel, die mit Luftlöchern versehen waren, und holte mehrere starke Leinensäcke heraus, die mittels einer Kordel zugeschnürt werden konnten. Dann griff er sich den Schlangenhaken. Seitdem er sich mit den Schlangen beschäftigte und dadurch von dem Toten abgelenkt war, hatte sein Gesicht wieder an Farbe gewonnen. Keiner der Polizisten hätte in dem Augenblick mit dem Mann tauschen wollen.

Der Wissenschaftler schnappte sich einen der Leinenbeutel, dann bewegte er sich langsam auf die Couch zu und zog sie vorsichtig nach vorne. Zum Glück war das Möbelstück nicht sonderlich schwer, so dass er keine Hilfe benötigte. Nachdem er sie an einer Seite etwa einen Meter von der Wand weggezogen hatte, blickte er vorsichtig dahinter.

„Da haben wir dich ja", brummte er leise. „Na, dann stell

dich doch mal vor." Plötzlich stutzte er und erklärte mit vor Erregung heiserer Stimme: „Verdammt noch mal, wenn mich nicht alles täuscht, liegt dort hinten ein australischer Taipan. Eine der giftigsten Schlangen der Welt. Wenn die ihn", dabei blickte er zum Toten, „gebissen hat, dann hatte er keine Chance."

„Und jetzt?", wollte ein Polizeibeamter wissen. „Meinen Sie, es gelingt Ihnen, die Schlange einzufangen?"

„Das werden wir schon hinkriegen", erwiderte der Schlangenspezialist und kniete sich auf das Polster. Langsam fuhr er mit seinem Haken in Richtung Schlange. „Hab ich dich!", flüsterte er kurz danach leise. Über dem Haken hing die etwa eineinhalb Meter lange Schlange. Sie war braunschwarz und wirkte, wie sie so ruhig an dem Fanggerät hing, relativ harmlos. Der Mann war hochkonzentriert. Mit der linken Hand hielt er den Leinensack auf und lenkte den Kopf der Schlange in diesen hinein. Einen Augenblick später ließ er auch den restlichen Körper darin verschwinden. Marstal warf den Schlangenhaken auf die Couch und schloss die Sacköffnung mit beiden Händen. Schnell zog er die Kordel zu. Dann stieß er gepresst die Luft aus. „So, das war Nummer eins." Er schob die Schlange in einen der Transportbehälter. „O Mann, das war grenzwertig! Der erste Taipan, mit dem ich es zu tun habe." Er wischte sich den Schweiß von der Stirn.

„Die Schlange ist wohl sehr giftig?", fragte der Polizist, der inzwischen nähergetreten war, fast schon ehrfürchtig.

„Sehr giftig ist gar kein Ausdruck", erklärte der Fänger. „Mit dem Gift eines ausgewachsenen Taipan kann man angeblich hundert Menschen töten."

„Und solche Killer werden als Haustiere gehalten!" Der Polizeibeamte schüttelte den Kopf.

Der Reptilienmann zuckte mit den Schultern. „Wie gesagt: illegal. Es gibt immer wieder Verrückte, da kann man nichts machen. Ich packe jetzt noch die anderen beiden weg, dann können Sie die Kriminalpolizei verständigen." Er näherte sich den Terrarien. Die Klapperschlange ließ zwar für einen Moment warnend die am Schwanzende befindliche Hornrassel ertönen, doch dann hing auch sie über dem Haken und verschwand im Leinensack. Die Boomslang wirkte dagegen eher phlegmatisch. Der Schlangenexperte vermutete, dass sie erst vor kurzem gefüttert worden war und deshalb so ruhig blieb. „So, das war's", erklärte er, als er alle Behälter verschlossen hatte. „Jetzt kommen diese Kameraden erst mal bei uns im Institut in sichere Verwahrung." Er warf dem Toten einen Seitenblick zu. „Leute, ich beneide euch wirklich nicht um euren Job."

„Wir Sie auch nicht", erwiderte der Streifenführer und grinste. „Unsere Kunden riechen nicht immer gut, sind aber Gott sei Dank sehr friedlich."

Eine Viertelstunde später traf Florian Deichler ein. Weil der Mann keines natürlichen Totes gestorben war, fiel der Fall zunächst einmal in die Zuständigkeit der Mordkommission. Die Mannschaft der Spurensicherung war fast gleichzeitig mit ihm eingetroffen.

Der Streifenführer machte kurz Meldung und berichtete Deichler von den Giftschlangen. Der Kriminalhauptkommissar sondierte kurz den Tatort, dann meinte er: „Wir müssen warten, bis der Rechtsmediziner sich die Leiche angeschaut hat, dann kann die Spurensicherung rein. Verständigen Sie schon mal den Bestatter, damit der Tote anschließend zügig in die Rechtsmedizin abtransportiert werden kann."

Zehn Minuten später kam der Rechtsmediziner die Treppe heraufgeeilt. „Dr. Cinturafresa", stellte er sich kurz vor. „Ich bin die Urlaubsvertretung. Was haben wir denn da?"

Er ließ seinen Blick durch das Zimmer gleiten.

„Wir haben in der Wohnung drei Giftschlangen vorgefunden", erläuterte der Streifenführer knapp. „Wobei eine davon ein höchst giftiger Taipan war, wie der Schlangenexperte uns sagte. Die Schlange war nicht im Terrarium, sondern kroch frei im Zimmer herum. Es sieht ganz so aus, als hätte sie ihren Besitzer gebissen."

Dr. Cinturafresa zog Gummihandschuhe an. Dabei warf er den Terrarien einen kurzen Blick zu und beugte sich dann über die Leiche. „Nach dem äußeren Zustand und dem Grad der Verwesung zu urteilen ist der Mann erst seit kurzer Zeit tot. Die Verwesung schreitet bei den sommerlichen Außentemperaturen relativ schnell voran." Er bewegte einen Arm des Toten. „Die Leichenstarre ist gelöst." Dann musterte er das Gesicht und öffnete den Mund. „Auf den Mund- und Nasenschleimhäuten sind Fliegeneier zu sehen. War das Fenster geöffnet, als Sie hier eintrafen?"

Der Streifenführer dachte kurz nach. „Ich denke mal, dass einer der Flügel gekippt war. Wir haben das Fenster ganz aufgemacht. Der Gestank war unerträglich. Wenn ich so nachdenke, fällt mir ein, dass tatsächlich ein paar dicke Schmeißfliegen hier herumgeschwirrt sind."

„Zwei Tage würde ich mal vermuten. Zur genauen Todesursache kann ich allerdings erst nach der Obduktion etwas sagen." Der Rechtsmediziner packte die Leiche an der Schulter und versuchte sie umzudrehen. Plötzlich stutzte er. „Hier liegt etwas unter dem Körper." Er gab dem Fotografen ein Zeichen. Der beugte sich herab und schoss zwei Fotos.

„Herr Deichler, haben Sie eine größere Beweismitteltüte?"

Der Kriminalbeamte, der sich mittlerweile auch Gummihandschuhe angezogen hatte, nickte und ließ sich von einem Kollegen der Spurensicherung die geforderte Plastiktüte geben. Der Arzt holte eine kleinere Steinplatte unter der Leiche hervor und ließ das relativ schwere Stück vorsichtig in die Tüte gleiten. Dabei musterte er es kurz von allen Seiten und meinte: „Das scheint eine Art Kunstwerk zu sein." Dann setzte er die Untersuchung der Leiche fort.

Deichler betrachtete das Fundstück durch die durchsichtige Folie hindurch genauer. Es handelte sich um eine recht unscheinbare Steinplatte in der ungefähren Größe eines halben Schreibmaschinenblattes. Auf der Rückseite war sie glatt, auf der Vorderseite war eine Darstellung in Form eines Reliefs zu sehen. Deutlich zu erkennen war ein Weinstock mit abzweigenden Blättern, um dessen Stamm sich zum oberen Rand der Platte hin eine Schlange wand. Ihr breiter Kopf und die gespaltene Zunge waren gut herausgearbeitet. Die Oberfläche des Reliefs war vom Künstler geglättet worden, während der umgebende Stein seine raue Struktur behalten hatte. Die Darstellungsform der Schlange und die feine Struktur der Rebenblätter erinnerten den Kriminalbeamten an ähnliche Kunstwerke, wie er sie schon im Mainfränkischen Museum gesehen hatte. Der Stein trug keinerlei Signatur oder sonstige Hinweise auf den Künstler. Deichler teilte die Meinung des Rechtsmediziners, dass diese Steinplatte einen gewissen Wert haben könnte. Stellte sich nur die Frage, wie sie in den Besitz des Toten gekommen war und warum sie ausgerechnet unter ihm gelegen hatte. Hatte er im Todeskampf das Kunstwerk in der Hand gehalten und dann unter sich begraben? Oder war es von unbekannter Hand dort abgelegt worden? Letzteres könnte bedeuten, dass es sich beim Tod des Mannes nicht um einen Unfall handelte.

Mittlerweile hatte Dr. Cinturafresa seine Untersuchung abgeschlossen und erhob sich. Er zog seine Gummihandschuhe aus und meinte: „Ein Schlangenbiss als Todesursache. Interessant, interessant. Ich habe zwar bei der ersten Betrachtung der Leiche keine Bissstelle gefunden, aber das hat nichts zu sagen. Durch die verwesungsbedingten Veränderungen kann der Biss auch überdeckt sein. So einen Fall bekommt man auch nicht alle Tage auf den Seziertisch. Ich werde mich erst mal in der Literatur schlaumachen und mich mit Fachkollegen austauschen, um mehr über die Wirkung des Giftes dieser Schlangenart zu erfahren.“ Er wandte sich an Deichler. „Wenn Ihre Leute fertig sind, lassen Sie ihn in die Rechtsmedizin rausbringen. Ich werde mich möglichst bald an die Arbeit machen. Nicht dass mir den Fall ein Kollege wegschnappt.“ Er lachte leise, dann verließ er mit einem Kopfnicken die Wohnung.

„Um an so einem Job Gefallen zu finden, muss man aber auch besonders gepolt sein“, stellte der Streifenführer fest und verließ ebenfalls die Wohnung, um den Spurensicherern nicht im Wege zu stehen, die jetzt mit ihrer Arbeit begannen. Er würde seinen Kollegen im Treppenhaus unterstützen, der nach wie vor damit beschäftigt war, die neugierigen Hausbewohner fernzuhalten. Bei dieser Gelegenheit erfuhren sie von einigen mitteilsamen Nachbarn, dass Robert März im Mainfränkischen Museum als Hausmeister gearbeitet hatte.

❖

Kurz vor achtzehn Uhr ließ sich die Polizeipräsidentin mit dem Dienstwagen zum Institut für Rechtsmedizin fahren. Der Rächer lag wieder auf der Lauer und beobachtete die Abfahrt seiner Beute. Unter normalen Umständen hätte er die Überwachung abgebrochen, weil es keinen Sinn hatte, ihr zu folgen, wenn sie mit ihrem Chauffeur unterwegs war. Heute war das allerdings etwas anderes. Denn er hatte in Erfahrung bringen können, was seine Beute vorhatte – die ideale Gelegenheit, sein Vorhaben in die Tat umzusetzen.

Trotz des heftigen Verkehrs auf dem Röntgenring erreichte das Polizeifahrzeug nach zwanzig Minuten sein Ziel. Ohne dass seine Beute auf ihn aufmerksam wurde, parkte der Rächer seinen Geländewagen in der Nähe und beobachtete, wie die Polizeipräsidentin ihren Dienstwagen wegschickte. Dann verschwand sie im Eingang des Instituts für Rechtsmedizin.

Der Rächer überlegte einen Augenblick, ob er noch einmal wegfahren sollte, doch dann beschloss er zu bleiben. Nach seinen Erkundigungen würde diese Veranstaltung mindestens zwei Stunden dauern. Vorher würde seine Beute das Institut nicht verlassen. Da er von der Stelle, an der er parkte, den Eingang des Instituts für Rechtsmedizin gut einsehen konnte, stellte er seine Rückenlehne schräg, lehnte sich bequem zurück und schaltete das Autoradio ein. Er musste nur aufpassen, dass er nicht einschlief.

Knapp drei Stunden nachdem Lioba Matjes das Institut für Rechtsmedizin nüchtern betreten hatte, verließ sie es deutlich angeheitert zusammen mit einigen anderen Teilnehmern der Trinkprobe. Sicher war sie nicht betrunken, so viel Alkohol hatte sie nicht konsumiert, aber zwei Schoppen Riesling hatten bei ihr schon eine deutliche Herabsetzung ihrer Reaktionsfähigkeit zur Folge, wie sie bei einem Test hatte feststellen müssen. Bei der letzten Messung wies sie noch eine Blutalkoholkonzentration von 0,85 Promille auf und das, obwohl sie schon seit einiger Zeit nichts mehr getrunken hatte. Sie verabschiedete sich von den Kollegen und schlenderte langsam über den Parkplatz. Ihr war ein bisschen schummerig zumute und sie hatte das Gefühl, als wäre ihr Gehirn in Watte gepackt. Kurzentschlossen entschied sie sich, ihren Fahrer nicht mehr in Anspruch zu nehmen. Die frische Luft würde ihr guttun und für den Rückweg würde sie sich ein Taxi bestellen. Damit sie nicht ständig den Kollegen, die jetzt nach und nach das Institut verließen, die Grußparade abnehmen musste, zog sie sich in den hinteren Teil des Parkplatzes zurück, der vom Eingang der Rechtsmedizin nicht eingesehen werden konnte. Dort fand sie sogar eine Parkbank, auf der sie sich niederließ. Eine gewisse Müdigkeit überkam sie. Die letzten Tage im Dienst waren stressig gewesen. Sie musste dringend wieder einmal so richtig ausschlafen.

Der plötzliche Schmerz durchfuhr ihren Körper vom Hals abwärts wie ein Blitzschlag. Sie fühlte, wie sich ihre Muskeln verhärteten und sie zu keiner Bewegung mehr fähig war. Sie öffnete den Mund zu einem Schrei, den eine schwere Hand im Keim erstickte. Hilflos rutschte sie auf der Bank zur Seite. Dabei erblickte sie die Konturen einer männlichen Gestalt, die sie offenbar festhielt, damit sie nicht auf den Asphalt stürzte. Eine lähmende Angst griff nach ihr und brachte ihr Herz zum Rasen. Tausend Gedanken wirbelten gleichzeitig durch ihren Kopf und lösten Panik in ihr aus. Sie spürte einen Stich. Sekunden später empfand sie ein kaltes Gefühl, das sich in ihrem rechten Arm aufwärts in Richtung Kopf bewegte, dann schwanden ihr schlagartig die Sinne.

Der Rächer zerrte seine schlaffe Beute die wenigen Meter zu seinem Geländewagen und legte sie längs auf die Rücksitzbank. Er warf eine Decke über sie und ließ sich hinter das Steuer fallen. Ein raues Lachen kam über seine Lippen. Diese Aktion war ja wirklich ein Kinderspiel gewesen. Für einen Augenblick legte er seine Stirn auf das Lenkrad. In seinem Schädel tobten wieder die Schmerzen. Heute dauerte es besonders lange, ehe die Wirkung der eingenommenen Schmerztablette wirkte. Sein Blick ging hinüber zum Institut. Alle Lichter waren mittlerweile erloschen. Er startete den Motor, fuhr langsam vom Parkplatz und wählte die Spur in

Richtung Innenstadt. Entgegen seinen ursprünglichen Plänen hatte er sich entschlossen, dieser besonderen Beute eine ganz spezielle Behandlung zukommen zu lassen. Sie sollte die Gelegenheit bekommen, zu spüren, wie es ist, wenn man durch Folter Angst und Schrecken erlitt. Der Vollstrecker würde noch warten müssen.

❖

Zwei Stunden vor diesem Menschenraub, kurz nach 19 Uhr, waren der Regionalexpress 4713 und mit ihm Elvira Stark im Bahnhof von Würzburg eingefahren. Betty hatte sie zwar dazu bewegen wollen, noch ein paar Tage länger in Bamberg zu bleiben, aber Elvira konnte es nicht mehr erwarten zu sehen, wie Erich Rottmann auf ihren neuen Stil reagieren würde.

Beim Gedanken an Rottmann musste sie gleichzeitig an den Schaffner im Zug denken. Ein gutaussehender Mann in mittleren Jahren, der ihr bei der Fahrkartenkontrolle einen interessierten Blick zugeworfen hatte. Sie musste sich allerdings selbst eingestehen, dass sie in der neuen Jeans, die sie sich auf den Rat ihrer Freundin hin zugelegt hatte, eine ausgesprochen gute Figur machte. Sie hoffte nur, dass Erich das genauso sah – wenn er es denn sah. Als Expolizist war der Gute ein ausgezeichneter Beobachter, nur wenn es um ihre weiblichen Reize ging, schien er mit Blindheit geschlagen zu sein. Aber dem würde sie abhelfen! Das hatte sie sich geschworen.

Mit dem Trolley an der Hand marschierte sie energischen Schrittes über den Bahnhofsvorplatz zur Straßenbahn. Erich hatte keine Ahnung, dass sie heute zurückkam. Vielleicht konnte sie ihn in ihrer Wohnung beim Blumengießen überraschen.

Als sie wenig später die Rosengasse hinunterging, warf sie einen aufmerksamen Blick hinauf zu Rottmanns Wohnung.

Ein Fenster war geöffnet, vom Bewohner war allerdings nichts zu sehen. Wahrscheinlich saß er schon beim Stammtisch.

Nachdem sie ihre Wohnung betreten hatte, stellte sie ihr Gepäck in die Ecke und öffnete zuerst einmal ein Fenster. Die Luft war abgestanden. Ihr zweiter Blick galt den Pflanzen. Ihr prüfender Finger fühlte in allen Blumentöpfen Feuchtigkeit, um nicht zu sagen Nässe. Rottmann hatte also seine Pflicht getan, aber anscheinend so reichlich, dass einige Gewächse problemlos den Freischwimmerschein hätten ablegen können. Auf Deutsch: Sie waren kurz vor dem Absaufen. Elvira schnappte die betreffenden Übertöpfe und goss das überschüssige Wasser in die Toilette. Wahrscheinlich war Rottmann wieder in Eile gewesen und hatte einfach drauflosgegossen. Sie nahm sich vor, ihm gegenüber diesbezüglich keine kritische Bemerkung zu machen, damit ihre Strategie nicht von vornherein zum Scheitern verurteilt war.

❖

Als der Exkommissar abends gegen halb elf mit Öchsle die Rosengasse hinunterschlenderte, sah er sofort, dass in Elviras Wohnung Licht brannte. Sie war also schon eingetroffen, obwohl sie doch eigentlich noch übers Wochenende hatte bleiben wollen. Oder hatte er gestern beim Blumengießen vergessen, das Licht auszumachen? Nein, das wäre ihm schon früher aufgefallen. Rottmann überlegte kurz, ob er Elvira noch schnell ihren Hausschlüssel vorbeibringen sollte. Dann hätte er das auch erledigt und müsste nicht damit rechnen, dass sie morgen früh bei ihm auf der Matte stehen würde. Kurz entschlossen ging er zur Haustür und klingelte. Es dauerte nur einen Moment, ehe knarrend der elektrische Türöffner ertönte. Öchsle, der wieder einmal als Erster oben war, begrüßte Elvira mit freudigem Winseln.

„Ja Öchsle, das ist aber schön, dass du mich besuchst", hörte Rottmann Elvira sagen, während er die letzten Stufen zum obersten Stockwerk zurücklegte. Als er sie sah, stockte er und blieb auf der letzten Stufe stehen. Sie trug nur einen Bademantel. Wie es aussah, kam sie gerade aus der Dusche und hatte es sich bequem gemacht. Etwas war anders an ihr. Er kam nur nicht darauf, was.

„Hallo, Elvira", sagte er leicht verwirrt, „entschuldige bitte die späte Störung, aber wenn ich gewusst hätte, dass du …"

Elvira lächelte und sagte: „Ach, Erich, das macht doch nichts. Schön, dass du noch vorbeischaust. Komm doch rein." Sie wich zur Seite und Rottmann betrat die Wohnung. Dabei kitzelte ein sanfter Duft nach Limonen seine Nase, der von Elviras Körper ausging. Unwillkürlich wurde Erich Rottmann an die Blume eines fruchtigen Silvaners erinnert, die ja auch häufig limonenähnliche Duftkomponenten enthielt. Vermutlich handelte es sich aber um die Aura ihres Duschgels. Öchsle war schon längst im Wohnzimmer und hatte sich auf dem Teppich niedergelassen. Rottmann betrat hinter Elvira den Raum. Plötzlich blieb er stehen und starrte sie an. „Donnerkeil!", entfuhr es ihm. Jetzt erst bemerkte er die neue Frisur seiner ehemaligen Jugendliebe. Das Licht der Deckenlampe verlieh dem Mahagoni ihrer feuchten Kurzhaarfrisur einen kräftigen, seidigen Schimmer.

Elvira musste über die Reaktion Rottmanns herzlich lachen. „Gefällt dir meine neue Frisur? Ich dachte, es könnte nicht schaden, ein wenig meinen Typ zu verändern." Sich präsentierend drehte sie sich um die eigene Achse.

Komplimente waren nicht gerade Rottmanns Stärke. Auf diesem schlüpfrigen Parkett war er schon mehr als einmal anständig ausgerutscht und auf dem Hintern gelandet. Deshalb warnten ihn seine Instinkte: Achtung, Fettnapf!

„Ja. Doch. Irgendwie interessant", brachte er stockend hervor. „Das ist auf jeden Fall ein starker Blickfang." Er war froh, dass ihm dieser Satz noch eingefallen war.

Elvira Stark entschied sich, dies als Kompliment aufzufassen, und bot Rottmann einen Platz an. „Magst du noch etwas trinken? Ich habe im Kühlschrank noch einen hervorragenden Spätburgunder, als Schlummertrunk vor dem Einschlafen ganz ausgezeichnet."

Doch Rottmann wehrte ab. Ihm war die Situation zu verfänglich. Er hatte sehr wohl bemerkt, dass der Gürtel an Elviras Bademantel sehr locker gebunden war und sich der Ausschnitt von Elviras Dekolleté durch ihre Bewegungen dezent vergrößert hatte.

„Nimm es mir nicht übel, aber ich wollte dir eigentlich nur den Hausschlüssel vorbeibringen. Du bist doch sicher müde von der langen Reise." Er nahm den Schlüssel aus der Tasche und legte ihn auf den Wohnzimmertisch.

Elvira Stark seufzte innerlich. Eine knappe Stunde Bahnfahrt war sicher keine ermüdende Weltreise. So einfach, wie es die Referentin des Kurses in Bamberg dargestellt hatte – dass man Männer durch Veränderung des Äußeren an den Haken bekam –, war es in der Realität nicht. Wahrscheinlich hätte man ihr Erich Rottmann als Beispiel vorführen sollen. Sicher hätte auch sie sich an ihm die Zähne ausgebissen. Bei Rottmann half nur eine langfristige Strategie.

„Ach, weißt du, Erich, ich dachte eigentlich, dass du den Schlüssel behalten solltest. Es ist immer gut, wenn ein Hausschlüssel außerhalb der Wohnung sicher deponiert ist. Ich denke nur daran, was wäre, wenn ich mich mal versehentlich aussperren sollte. Bist du so nett und nimmst ihn weiterhin in Verwahrung?" Sie nahm den Schlüssel vom Tisch und drückte ihn Rottmann wieder in die Hand.

Begeistert war der Exkommissar über den Vorschlag nicht, aber er konnte ihr die Bitte auch schlecht abschlagen. „Also, wenn du meinst", gab er zurück und schlug langsam den Weg in Richtung Wohnungstür ein. Elvira bedankte sich bei ihm für die Blumenpflege und brachte ihn zur Tür. Öchsle merkte, dass Aufbruch angesagt war, und schloss sich an.

Als Rottmann wieder auf der Straße stand, atmete er tief durch. Das war ja gerade noch einmal gutgegangen. Während er zu seiner Wohnung hinaufstieg, musste er sich selbst eingestehen, dass Elvira mit der neuen Haarfarbe und der Kurzhaarfrisur ausgesprochen gut aussah. Er spürte deutlich, dass tief in seinem Inneren Interesse und Vorsicht begannen, einen Kampf auszutragen.

Beim Betreten seiner Wohnung sah Rottmann sofort, dass die Anzeige seines Anrufbeantworters blinkte. Per Knopfdruck rief er die Nachricht ab. Es meldete sich überraschenderweise die bekannte Stimme von Gottfried Meyer.

„Hallo Erich, hier Gottfried. Heute Morgen habe ich einige unserer Kunden in der Kühlkammer herumschieben müssen. Dabei kam mir auch dieser Seibold unter die Finger. Ich weiß auch nicht, warum, aber irgendetwas hat mich gereizt, mir den Burschen noch einmal anzuschauen. Auf seinem Rücken ist mir dabei etwas aufgefallen, was merkwürdigerweise nicht im Obduktionsprotokoll steht. Er hat zwischen den Schulterblättern eine kleine schwarzblaue Markierung. Das ist kein Leichenfleck, da bin ich mir sicher. Es war eine Hautveränderung, wie ich sie schon bei Opfern von Stromschlägen gesehen habe. Es stört mich, dass der Pathologe das nicht im Protokoll vermerkt hat. Das muss jetzt nicht unbedingt etwas zu sagen haben, weil er ja an inneren Blutungen verstorben ist. Wahrscheinlich hat Dr. Cinturafresa es deshalb weggelassen. Grundsätzlich ist das natürlich gegen die Regeln und jemand aus unserer Mannschaft hätte das auch nicht getan. Die halten jede auch noch so unbedeutende Veränderung an einem Toten fest." Es trat eine kurze Sprechpause ein, dann fuhr Meyer fort: „Na gut, das wollte ich dich einfach nur wissen lassen. Seibold kommt übrigens am Montag ins Krematorium. Also, mach's gut!" Damit endete die Ansage.

Nachdem sich Rottmann die Nachricht nochmals angehört hatte, setzte er sich nachdenklich auf seine Couch. Die Mitteilung weckte erneut das Misstrauen, das er gerade verdrängt hatte. Eine kleine Strommarke auf der Haut einer Leiche konnte alles mögliche bedeuten. Konnte es wirklich sein, dass dieser Aushilfspathologe das übersehen hatte? Falls ja, war das doch pure Schlamperei! Weiß der Himmel, was ihm noch entgangen war. Rottmann erhob sich und lief unruhig im Zimmer auf und ab. Auf jeden Fall konnte man das nicht auf sich beruhen lassen. Wenn Seibold erst einmal verbrannt war, waren alle Beweise vernichtet. Was konnte er tun? Er schaute zur Uhr. Da es sich um einen Notfall handelte, konnte er keine Rücksicht auf die vorgerückte Stunde nehmen. Rottmann holte das Mobiltelefon aus seiner Joppentasche und suchte im Telefonverzeichnis nach Meyers Handynummer. Einen Augenblick später ertönte das Freizeichen. Nach dem siebten Läuten wollte er schon aufgeben, als Meyer abhob.

„Wer stört?", kam es brummig aus dem Hörer.

„Erich Rottmann. Entschuldige, Gottfried, dass ich dich so spät noch störe, aber ich habe deine Nachricht gerade erst abgehört. Ich bin wegen deiner Beobachtung vollkommen verunsichert. Frag mich nicht, warum, aber ich habe das Gefühl, dass mit Seibolds Tod etwas nicht stimmt."

Meyer antwortete nicht sofort. Schließlich erwiderte er: „Der Fall ist abgeschlossen, die Leiche freigegeben. Da ist eigentlich nichts mehr zu machen."

„Kann man Seibold sicherheitshalber nicht noch einmal obduzieren? Ich meine, durch einen anderen Pathologen."

„Du bist lustig. Wie sollen wir das anstellen? Wegen einer kleinen Hautmarke und deinen Gefühlen wird keiner der Herren aus dem Urlaub zurückkommen. Das kannst du vergessen!"

„Ist Dr. Patschler noch bei euch? Früher hatte ich öfters mit ihm zu tun."

Meyer zögerte kurz, dann sagte er: „Ja, Patschler ist noch da, aber auch er ist im Urlaub. Soweit ich weiß, ist er mit seinem Wohnmobil im Norden unterwegs."

„Hast du seine Handynummer?"

„Erich, du bist verrückt! Wenn ich dir die Nummer gebe, zerreißt mich Patschler in der Luft!"

„Jetzt mach dir nicht in die Hosen. Ich werde ihm sagen, dass ich dich mit körperlicher Gewalt dazu gezwungen habe, mir die Nummer zu geben. Jetzt mach schon. Ich nehme alles auf meine Kappe."

„Verdammt, Erich, du kannst wirklich tierisch nerven. Eins kann ich dir sagen, wenn du dich irrst, wird das teuer, weil ich dann eine Zigarre verpasst bekomme, die sich gewaschen hat. Warte mal einen Augenblick." Einen Moment später gab er Rottmann die gewünschte Nummer durch. „Warte aber wenigstens bis morgen früh. Bis dahin läuft ja nichts davon."

Der Exkommissar versprach es und beendete das Gespräch. Bevor er ins Bett ging, saß er noch eine ganze Weile im Wohnzimmer und starrte nachdenklich vor sich hin.

Wochenende

Als Lioba Matjes zu sich kam, erschrak sie zunächst fürchterlich, weil sie sich in vollkommener Finsternis befand. Panisch wollte sie sich mit den Händen über die Augen fahren, weil sie für einen Augenblick dachte, sie sei erblindet. Dabei stellte sie fest, dass ihre Arme an ihrem Körper fixiert waren, so dass sie sie nicht bewegen konnte. Auch ihre Beine waren gefesselt. Um ihre Körpermitte war offenbar ein Gurt gezurrt. Sie war es gewohnt, in Stresssituationen analytisch zu denken. Daher zwang sie sich zu einer Bestandsaufnahme. Mühsam bewegte sie ihren Kopf so weit es ging zur Seite und versuchte, in Richtung ihres linken Handgelenks zu sehen. Da sie die Hand ein wenig drehen konnte, war es ihr möglich, den schwachen grünlichen Schimmer des Leuchtziffernblattes ihrer Armbanduhr zu erkennen. Ihr Sehvermögen war also in Ordnung.

Ihre letzte Erinnerung war ein schockartiger Schmerz, der sie regelrecht gelähmt hatte. Dann war sie herumgezerrt worden. Anschließend war da nur noch Dunkelheit gewesen. Jetzt lag sie festgebunden auf einer harten Unterlage in einem dunklen Raum. Es war kühl, es konnte also eine Art Keller sein. In ihrem Kopf pochte ein unangenehmer Schmerz. Sie fühlte sich wie nach einem heftigen Kater. Ihr fiel die Trinkprobe ein. Danach hatte sie sich eigentlich ganz gut gefühlt.

Wann war das gewesen? Gestern? Sie hatte jegliches Zeitgefühl verloren. Wie lange war sie ohne Bewusstsein gewesen? Ihr durch die Polizeiarbeit geschulter Verstand nahm seine Arbeit auf. Vermutlich war sie entführt worden. Der oder die Täter hatten sie – wahrscheinlich mit einem Elektroschocker – außer Gefecht gesetzt und sie dann mit einem Medikament betäubt. Anschließend hatte man sie hierhertransportiert und gefesselt. Mehr wusste sie nicht. Früher oder später musste der Entführer sich zeigen. Ihr fiel ein, dass der Tag ihrer Entführung ein Freitag gewesen war. Egal, wie viele Stunden seitdem vergangen waren, vor Montag würde man sie wohl nicht vermissen.

Plötzlich verspürte sie einen unangenehmen Harndrang. Sie war während der Trinkprobe nur einmal im Institut auf der Toilette gewesen. Die Polizeipräsidentin biss die Zähne zusammen. Lange würde sie es allerdings nicht mehr aushalten.

„Hallo! Hallo! Hört mich jemand?" Ihre Stimme klang anfänglich etwas piepsig, gewann aber zunehmend an Kraft. Unwillkürlich zerrte sie an den Fesseln, die aber unverrückbar festhielten. „Verflixt noch mal! Ich muss auf die Toilette!"

Es dauerte einen Moment, dann vernahm sie aus einer Ecke des Raumes ein Geräusch. Gespannt hob sie, so weit es ging, den Kopf und starrte in Richtung des Geräusches. Plötzlich öffnete sich in der Finsternis ein schwach erleuchteter Spalt, der sich schnell vergrößerte. Anscheinend eine Tür. Sie konnte sehen, dass sich eine Gestalt durch die Öffnung bewegte, dann war es wieder finster. Ein Rascheln zeugte vom Näherkommen einer Person. Lioba Matjes spürte eine heftige Beklemmung in ihrer Brust.

Überraschend ging über ihr ein dunkelrotes Licht an, das anscheinend von einer Taschenlampe stammte. Der Lichtstrahl glitt über ihren Körper und blieb schließlich auf ihrem

Gesicht stehen. Sie musste zwar blinzeln, aber das Rotlicht blendete sie nur wenig.

„Wer sind Sie?“, fragte sie, und ihre Stimme klang dabei unsicherer, als ihr recht war. Sie wollte auf keinen Fall gegenüber ihrem Entführer Angst oder Schwäche zeigen. Der rote Lichtkegel ließ nur wenig von der Umgebung erkennen. Der Mann war dunkel gekleidet und, soweit sie ausmachen konnte, mit einer Skimaske vermummt. Im Schein der Lampe konnte sie sehen, dass sie tatsächlich wie ein Paket mit breiten Gurten geschnürt war. Offenbar trug sie noch ihre vollständige Kleidung, lediglich ihre Schuhe fehlten.

„Wer sind Sie?“, fragte Sie erneut. „Was wollen Sie? Binden Sie mich los, ich muss zur Toilette!“ Sie hatte bewusst einen bestimmenden Ton angeschlagen, um dem Mann zu zeigen, dass sie nicht sonderlich beeindruckt war.

„Sie sind Lioba Theresia Katharina Hildegundis Matjes“, kam leise die Stimme des Vermummten hinter der Maske hervor. Es war keine Frage, sondern eine Feststellung.

Die Polizeipräsidentin wunderte sich, warum er ihre Vornamen so betonte, nickte aber und fragte: „Was haben meine Vornamen mit dieser Entführung zu tun?“

„Das tut nichts zur Sache“, erwiderte die Stimme. „Schließen Sie die Augen, ich werde jetzt das Licht einschalten.“ Sie nahm eine Bewegung wahr, dann schaltete sich an der Decke flimmernd eine Neonröhre ein. Die Taschenlampe erlosch.

Obwohl Lioba Matjes vorgewarnt war, musste sie geblendet die Augen zusammenkneifen. Als sie sie vorsichtig wieder öffnete, konnte sie ihren Entführer genauer betrachten. Er war hochgewachsen und schlank. Gekleidet war er mit einem schwarzen, enganliegenden Sportanzug. Die Skimaske ließ nur Schlitze für die Augen frei, die sie scharf musterten. Sie lag auf einem Edelstahltisch, von dem Gurte abgingen.

„Machen Sie mich jetzt frei!" Sie ruckte heftig an ihren Fesseln.

Wortlos drehte sich der Mann einem Tisch zu, der an der Seite stand. Sie erkannte nervös, dass er sich Gummihandschuhe überzog. Dann nahm er etwas vom Tisch und drehte sich ihr wieder zu. „Wenn Sie sich ruhig verhalten, wird es nicht wehtun."

Ihr Herz begann wild zu schlagen, als sie einen Venenkatheter erkannte, den er nun aus seiner sterilen Verpackung befreite.

„Was soll das?" Die Stimme der Präsidentin hatte erheblich an Selbstsicherheit verloren.

„Ich werde es Ihnen erklären", erwiderte der Mann. „Ich lege Ihnen jetzt einen Zugang, über den Sie gleich ein Mittel zugeführt bekommen, das Sie ruhigstellt. Sie konnten die beruhigende Wirkung bereits einmal genießen."

„Sie sind wohl verrückt!", entgegnete Matjes und starrte wie hypnotisiert auf den Katheter. Wieder zerrte sie an den Gurten. „Ich lasse mich von Ihnen doch nicht betäuben! Hören Sie sofort auf!"

„Ich fürchte, Sie haben hier gar nichts zu melden. Sie sollten es sich reiflich überlegen, Widerstand zu leisten", gab der Mann ohne sonderliche Emotion in der Stimme zurück. „Wenn ich den Elektroschocker zu Hilfe nehmen muss, wird die Prozedur sicher sehr unangenehm für Sie. Außerdem werden Sie dann kaum bis zur Toilette kommen."

Ihr Entführer trat näher und griff nach ihrer linken Hand. „Nicht bewegen, sonst kann ich die Vene nicht treffen." Er drückte ihre Handfläche mit der linken Hand gegen den Tisch. Dann setzte er die Nadel an und versenkte sie mit einer gekonnten Bewegung zügig in der Vene ihres Handrückens. Der kurze Schmerz war auszuhalten. Mit einigen Klebestreifen befestigte er den Katheter auf dem Handrücken. Er drehte sich um, nahm eine Spritze vom Tisch, setzte die Kupplung für die Nadel am Katheter an und drückte die klare Flüssigkeit langsam in die Vene. „Dies ist ein Schlafmittel, und es wird nicht lange dauern, bis die Wirkung eintritt", erklärte er. „Beeilen Sie sich deshalb mit dem Toilettenbesuch." Er legte die Spritze auf die Seite und löste mit schnellen Handbewegungen die Gurte. „Kommen Sie hoch", forderte er und zog sie am Arm in eine sitzende Position. Die Toilette ist gleich nebenan." Er hielt sie weiterhin fest, brachte sie zu einer Tür und öffnete sie. „Beeilen Sie sich!", mahnte er erneut.

Die Toilettentür war von innen nicht verschließbar. Sie befand sich in einem Badezimmer mit weißen Kacheln bis zur Decke. Während sie sich erleichterte, rasten ihr die Gedanken durch den Kopf. Wahrscheinlich wollte der Kerl für sie ein Lösegeld erpressen. Wenn er sie hätte ermorden wollen, hätte er das ohne Probleme schon erledigen können. Schlagartig spürte sie Müdigkeit in den Gliedern. Die Wirkung des Mittels setzte ein. Warum hatte er ihr einen Katheter gesetzt, wenn er ihr das Betäubungsmittel mittels einer Spritze verabreicht hatte? Sie musste sich beeilen, weil sich die Schwäche bereits massiv bemerkbar machte. Sie erhob sich und verließ schwankend den Raum. Der Mann mit der Maske wartete vor der Tür und fing sie auf, als sie wieder zu wanken begann. Er zog sie zum Edelstahltisch und drückte sie erneut darauf. Im ersten Impuls wollte sie sich wehren, aber sie fühlte sich einfach zu schwach. Wortlos schnallte er sie wieder fest.

„Schlafen Sie gut", sagte er leise, dann schwanden ihr die Sinne.

Der Mann sah eine Weile mitleidlos auf sie herab. Er hätte den Vollstrecker sofort zum Einsatz bringen können, doch die Zeit war noch nicht gekommen. Er befestigte einen Beutel mit einer Infusionslösung an einem Ständer und führte die Kanüle in den Anschluss des Katheters ein. Sorgfältig regelte er die Tropfgeschwindigkeit. Mit dieser Infusionslösung konnte er sie lange Zeit am Leben halten und das enthaltene Narkotikum würde dafür sorgen, dass sie betäubt blieb. Er musste den Beutel nur regelmäßig wechseln. Er beobachtete einige Zeit die gleichmäßigen Tropfen, dann war er sicher, dass es keine Panne geben würde. Beim Verlassen des Raumes löschte er das Licht und schloss von außen ab.

❖

Erich Rottmann wachte kurz nach sechs Uhr auf. Das war ungewöhnlich, denn normalerweise stand sein innerer Wecker auf sieben Uhr dreißig, ohne dass er einer technischen Weckhilfe bedurft hätte. Mit Schwung warf er seine Bettdecke zur Seite und setzte sich auf. Öchsle, der in seinem Körbchen im Wohnzimmer das Erwachen seines Menschen zur Kenntnis genommen hatte, kam herbeigetrippelt und legte Rottmann den Kopf aufs Knie.

„Morgen, Öchsle", brummte der Exkommissar mir schlafrauer Stimme und räusperte sich. „Heute muss ich vor dem Gassigehen erst noch einen wichtigen Anruf erledigen. Halte mir die Daumen, ich meine natürlich die Pfoten, dass ich Patschler erreiche." Der Rüde hatte natürlich kein Wort verstanden, wedelte aber trotzdem freundlich mit seiner Rute. Wahrscheinlich freute er sich darüber, dass sein Herrchen nach dem Aufwachen ungewohnt viele Worte für ihn übrig hatte.

Rottmann erhob sich, fuhr in seine Hausschuhe und schlurfte ins Bad. Was sein musste, musste sein. Noch im Morgenmantel schnappte er sich darauf sein Telefon, setzte sich auf die Couch und holte die Notiz mit Patschlers Telefonnummer hervor. Da Patschler mit einem Camper unterwegs war, musste es sich bei ihm wohl um einen Naturburschen handeln, der um diese Zeit sicher ausgeschlafen hatte.

Nach mehrmaligem Läuten meldete sich schlecht verständlich eine männliche Stimme: „Hier Patschler!“

„Hallo, Herr Dr. Patschler“, erwiderte Rottmann, „hier spricht Erich Rottmann aus Würzburg. Können Sie sich noch an mich erinnern? Wir hatten häufiger beruflich miteinander zu tun, als ich noch Leiter der Würzburger Mordkommission war.“

Das atmosphärische Rauschen in der Leitung war mal stärker, mal schwächer. Rottmann glaubte ein zusätzliches Hintergrundrauschen als Motorengeräusch identifizieren zu können. Offenbar telefonierte Patschler aus dem Auto heraus.

„Herr Rottmann? Natürlich kann ich mich an Sie erinnern. Sehr gut sogar! Wir haben ja zusammen einige spektakuläre Fälle bearbeitet. Tut mir leid, Herr Rottmann, aber ich befinde mich gerade im Urlaub und bin mit dem Auto unterwegs. Deshalb ist der Empfang so schlecht. Was kann ich denn für Sie tun?“

Erich Rottmann überlegte, ob er sein Anliegen erklären sollte, während Patschler Auto fuhr, dann entschied er sich jedoch dagegen. Um seiner Sache zum Erfolg zu verhelfen, brauchte er Patschlers volle Aufmerksamkeit.

„Ich habe eine große Bitte! Könnten Sie mich bei Ihrem nächsten Stopp zurückrufen? Es wäre wirklich sehr wichtig!“

Patschler schien einen Augenblick zu überlegen, dann erwiderte er: „Ich befinde mich gerade auf der A7 in Richtung Heimat. Ich wollte beim nächsten Rastplatz sowieso herausfahren und tanken. Ihre Rufnummer kann ich auf meinem Display sehen. Ich werde zurückrufen.“ Damit wurde das Gespräch unterbrochen.

Rottmann lehnte sich aufatmend zurück. Die Tatsache, dass der Pathologe auf dem Rückweg war, begünstigte sein Anliegen erheblich. Rottmann erhob sich und ging ins Schlafzimmer, um sich anzuziehen. Sein schnurloses Telefon nahm er mit.

Ungefähr eine halbe Stunde später, Rottmann saß bei einer Tasse Kaffee, läutete sein Telefon. Es war Dr. Patschler, der diesmal deutlich besser zu verstehen war.

„Hallo, Herr Rottmann, was gibt es denn so Wichtiges, dass Sie mich im Urlaub anrufen? Sie müssen meine Handynummer aus dem Institut haben, denn sie ist nur einer sehr begrenzten Personenzahl bekannt."

„Das ist richtig, Herr Dr. Patschler, aber wenn ich Ihnen gesagt habe, um was es geht, werden Sie mich sicher verstehen." Rottmann lehnte sich zurück und schilderte dem Pathologen die Umstände des Todes und der Obduktion von Theodor Seibold. „Am Montag kommt die Leiche ins Krematorium, danach gibt es keine Möglichkeit mehr, irgendetwas festzustellen."

„Einen Moment! Wenn ich Sie richtig verstehe, wollen Sie, dass ich eine zweite Obduktion vornehme, weil Sie glauben, dass der Kollege, der die erste Untersuchung vorgenommen hat, etwas übersehen hat?"

„Genau so", gab Rottmann knapp zurück.

„Sie sind lustig. Das geht nicht so einfach. Da müssen wir auf jeden Fall den Staatsanwalt einschalten, damit der die neuerliche Obduktion anordnet und die Freigabe der Leiche rückgängig macht."

Rottmann atmete auf. Aus der Tatsache, dass Patschler das Wort „wir" verwendet hatte, schloss er, dass der Pathologe angebissen hatte.

„Wenn ich beim Staatsanwalt die Anordnung einer neuerlichen Obduktion erreiche, würden Sie diese dann durchführen?"

„Okay, wenn Sie das schaffen, mach ich das. Ich bin am Montag und Dienstag in Würzburg, danach wollte ich noch ein paar Tage in den Süden fahren. Bis dahin muss das über die Bühne gegangen sein. Sie werden sicher verstehen, dass ich mir meinen sauer verdienten Urlaub nicht verderben lassen möchte."

Der Exkommissar bedankte sich herzlich bei Dr. Patschler, dann legte er auf. Sofort wählte er die Handynummer von Gottfried Meyer.

„Hallo Gottfried, ich habe Patschler erreicht. Er ist am Montag und Dienstag in Würzburg und würde eine zweite Obduktion bei Seibold durchführen. Allerdings muss ich dazu die Genehmigung der Staatsanwaltschaft haben. Wann würde Seibolds Transport ins Krematorium erfolgen?"

Meyer hatte Rottmann ausreden lassen, dann sagte er: „Erich, du bist wirklich verrückt. Soweit ich weiß, wird Seibold am Montagnachmittag vom Bestatter abgeholt."

„Prima, dann sieh zu, dass du am Montag um acht Uhr vor dem Strafjustizzentrum sein kannst. Lass dir halt für das Institut irgendeine Ausrede einfallen. Das dürfte dir doch sicher nicht schwerfallen! Ich brauche deine Expertenmeinung, um den Staatsanwalt überzeugen zu können, dass eine zweite Untersuchung erforderlich ist."

„Wie gesagt, Erich, du bist verrückt. Gut, ich mache, was ich kann. Aber ich sage dir gleich, dass die Angelegenheit für dich – in Schoppen ausgezahlt – immer teurer wird!"

Erich Rottmann legte das Telefon zur Seite und atmete durch. Mehr konnte er im Augenblick nicht unternehmen. Die Staatsanwaltschaft würde sicher auch mit der Kripo Kontakt aufnehmen, wenn es zu weiteren Untersuchungen im Fall

Seibold kommen sollte. Unabhängig davon würde er allerdings Florian Deichler über seine Initiative informieren. Das war er dem ehemaligen Mitarbeiter schuldig.

❖

Florian Deichler hatte am Wochenende Kriminaldauerdienst. Alle paar Wochen war auch die Mordkommission dran, die an diesen Tagen anfallenden Kriminalfälle aufzunehmen und, soweit erforderlich, erste Ermittlungen vorzunehmen. Daher saß er im Büro und arbeitete. Zum Glück war es bis jetzt ruhig geblieben, so dass er sich mit Bürokram beschäftigen konnte. So richtig flott ging ihm die Arbeit aber nicht von der Hand. Immer wieder glitten seine Gedanken ab und beschäftigten sich mit diesem merkwürdigen Leichenfund in der Sanderau. Er stand auf und öffnete einen Schrank, der allerlei Beweismitteltüten von Fällen enthielt, die sie gerade aktuell bearbeiteten. Deichler griff nach der Tüte mit dem Steinkunstwerk, das sie bei dem toten Robert März gefunden hatten. Es war noch nicht untersucht, daher ließ er es in der Umhüllung.

Bei aller Schlichtheit besaß der Stein eine gewisse Faszination. Vor allen Dingen, weil der Künstler die Weinblätter und die Schlange mit so großer Genauigkeit dargestellt hatte. Der Kopf der Schlange war von der Seite dargestellt. Ihr Maul war weit geöffnet und man konnte ihre Giftzähne und die weit hervorgestreckte gespaltene Zunge sehr gut erkennen. Besonders durch das geschlitzte Auge der Schlange vermittelte das Kunstwerk eine gewisse Bösartigkeit.

Deichler nahm sich vor, das Bildnis nach dem Wochenende einem der Fachleute des Mainfränkischen Museums zu zeigen. Vielleicht konnte der eine zeitliche und wertmäßige Einordnung vornehmen. Deichler legte die Tüte vorsichtig in den Schrank zurück. In diesem Augenblick läutete das Telefon. Der Kriminalbeamte stöhnte leise auf. Offenbar war die ruhige Phase vorüber.

„Kriminalwochenenddienst Deichler", meldete er sich.

„Hab schon gehört, dass du Wochenenddienst schieben musst", kam Erich Rottmanns vertraute Stimme aus dem Hörer. „Ich hoffe, du hast einen Augenblick für mich Zeit."

„Ach, Erich, du bist es. Ich dachte schon, es sei dienstlich."

„Ist es auch gewissermaßen", unterbrach ihn Rottmann.

„Sag bloß, du bist schon wieder über eine Leiche gestolpert!", erwiderte Deichler und das war keineswegs scherzhaft gemeint.

„Nicht direkt", erwiderte Rottmann. „Du erinnerst dich doch sicher an die Geschichte mit diesem Seibold, dem Mann, der in der Herzogenstraße verblutet ist?"

„Klar erinnere ich mich. Bei der Obduktion wurde eine natürliche Todesursache festgestellt. Also kein Fall für uns."

„Wart's ab", erwiderte Rottmann. „Es gibt eine gewisse Wahrscheinlichkeit, dass der Pathologe, der die Obduktion durchgeführt hatte, geschludert hat."

„Wie das?"

„Gottfried Meyer, der Assistent in der Rechtsmedizin, hat mir mitgeteilt, dass er auf dem Rücken des Toten ein Strommal gesehen hat, das dieser Dr. Cinturafresa, der Seibold obduzierte, nicht ins Protokoll geschrieben hat. Es könnte also durchaus sein, dass hier eine Dritteinwirkung stattgefunden hat. Auf jeden Fall habe ich Dr. Patschler von der Rechtsmedizin im Urlaub erreicht, und der hat sich bereit erklärt, eine zweite Untersuchung der Leiche vorzunehmen. Ich wollte dich nur darüber informieren. Am Montag stehe ich beim Staatsanwalt auf der Matte, damit er die neuerliche Obduktion anordnet."

„Erich, jetzt hörst du aber wirklich die Flöhe husten.

Glaubst du tatsächlich, dass Meyer beurteilen kann, ob jemand am Ableben von Seibold gedreht hat?“

„Meyer ist ein sehr erfahrener Mann. Wenn der sagt, dass was nicht stimmen könnte, dann sollte man darauf hören. Ich hatte schon die ganze Zeit über ein merkwürdiges Gefühl. Und du weißt, dass ich mich auf mein Gespür verlassen kann. Das wollte ich dir auf jeden Fall mitteilen, damit du dich nicht wunderst, wenn du die Akte Seibold noch einmal aufmachen musst.“

Deichler seufzte leise. „Okay, Erich, ich weiß Bescheid.“

„Ich wünsche dir einen ruhigen Wochenenddienst“, sagte Rottmann und legte auf.

Mit gerunzelter Stirn betrachtete der Kriminalhauptkommissar den Hörer. Wie konnte er einen ruhigen Dienst haben, wenn es solche Menschen wie Erich Rottmann gab, die kriminalistisch das Gras wachsen hörten?

Montag

Stefan Schlageisen, der für Mord und Totschlag zuständige Staatsanwalt der Staatsanwaltschaft Würzburg, staunte nicht schlecht, als am Montagmorgen zwei Männer mit einem Hund im Gefolge in seinem Dienstzimmer standen, nachdem er sie auf ihr Klopfen hin hereingerufen hatte. Eigentlich hatte er angenommen, ein Mitarbeiter der Behörde wolle ihn besuchen. Das Strafjustizzentrum war wie ein Hochsicherheitstrakt mit allen möglichen technischen Sicherheitseinrichtungen ausgestattet und jeder Fremde, der Einlass begehrte, musste eine von im Nahkampf ausgebildeten Justizwachtmeistern abgeschottete Schleuse passieren. Da kam keine Maus hinein und Hunde selbstverständlich schon gar nicht. Normalerweise.

„Guten Morgen, Herr Staatsanwalt", sagte der Ältere der beiden, „mein Name ist Erich Rottmann. Ich bin der ehemalige Leiter der Würzburger Mordkommission und das hier", er deutete auf Gottfried Meyer, „ist Herr Meyer, der Obduktionsassistent des rechtsmedizinischen Instituts der Uni Würzburg."

„Wie sind Sie ins Haus gekommen?" Der Staatsanwalt war angespannt.

„Machen Sie sich keine Sorgen, ich kenne die Herrschaften

an der Pforte von früher sehr gut. Die haben ganz einfach ein Auge zugedrückt und uns reingelassen. Das hier ist Öchsle, mein Polizeihund." Er lächelte verbindlich. „Diensthunde dürfen ja ins Haus."

Staatsanwalt Schlageisen war noch immer verärgert. Innerlich nahm er sich vor, mit der Hausherrin, der Präsidentin des Landgerichts, ein ernstes Wort zu reden. Was nutzten alle Sicherheitsvorkehrungen, wenn sie so leicht zu umgehen waren? „Also, nachdem Sie schon mal da sind, was kann ich für Sie tun? Fassen Sie sich aber bitte kurz, ich habe in ein paar Minuten eine wichtige Besprechung."

Rottmann warf der Sitzgruppe in der Ecke des Büros einen fragenden Blick zu. Der Staatsanwalt nickte widerstrebend, kam aber selbst nicht hinter dem Schutzwall seines Schreibtisches hervor. Offenbar traute er seinen Besuchern noch immer nicht.

Erich Rottmann wusste, dass er schon mit seiner Einleitung das Interesse des Mannes wecken musste, damit er richtig zuhörte. „Herr Schlageisen, letzte Woche wurde in der Rechtsmedizin ein gewisser Theodor Seibold obduziert. Dabei wurde offenbar massiv geschludert."

Der Staatsanwalt zog die Augenbrauen in die Höhe. Jetzt war er ganz Ohr.

„Da alle hauptamtlichen Pathologen im Urlaub sind", fuhr Rottmann fort, „wurde die Untersuchung durch eine Vertretung, einen gewissen Dr. Salvatore Cinturafresa, durchgeführt. Weil auch kein Assistent zur Verfügung stand, hat er die Leichenöffnung allein vorgenommen und eine natürliche Todesursache festgestellt. Als Herr Meyer aus dem Urlaub zurückkam, hat er aus Interesse noch einmal einen Blick auf die Leiche geworfen und dabei festgestellt, dass Dr. Cinturafresa ein wichtiges äußeres Merkmal der Leiche nicht im Protokoll festgehalten hat. Auf Seibolds Rücken befindet sich eine Veränderung, die einer Strommarke sehr ähnlich sieht. Es ist nicht auszuschließen, dass sich bei genauerer Untersuchung dieser Spur ein anderes Untersuchungsergebnis zeigen würde. Die Sache eilt deshalb, weil Seibold von Ihnen zur Feuerbestattung freigegeben wurde und heute Nachmittag ins Krematorium transportiert werden soll. Damit wäre jede weitere Untersuchung unmöglich."

Meyer, der bisher noch kein Wort gesprochen hatte, nickte bestätigend.

„Wir benötigen daher von Ihnen die Anordnung einer nochmaligen Obduktion. Ich habe bereits mit Dr. Patschler von der Rechtsmedizin gesprochen. Er wäre bereit, seinen Urlaub zu unterbrechen und die neuerliche Leichenöffnung vorzunehmen."

Schlageisen sah Rottmann nachdenklich an. „Sie haben wohl an alles gedacht?"

Rottmann lächelte. „Das war schließlich zwei Jahrzehnte lang mein Job. Das verlernt man nicht so schnell."

Der Staatsanwalt griff zum Telefon und gab eine Anweisung: „Bringen Sie mir bitte gleich die Akte Theodor Seibold." Und nach einer kurzen Pause: „Ja, sie dürfte bereits in der Ablage sein." Er legte auf und wandte sich seinen Besuchern zu. „Ich werde mir die Akte sofort noch einmal ansehen. Sie können sich sicher vorstellen, dass eine Rücknahme der Leichenfreigabe mit erheblichen Belastungen für die Angehörigen verbunden ist. Ich werde mir das deshalb genau überlegen. Sollte ich eine entsprechende Anordnung treffen, lasse ich sie innerhalb der nächsten Stunde per Fax an die Rechtsmedizin übermitteln. Herr Meyer, Sie werden dann ja alles Weitere veranlassen können. So, meine Herren, jetzt entschuldigen Sie mich aber bitte." Er erhob sich und ging zur Tür.

Rottmann und Meyer bedankten sich und verließen das Büro. Am Ende der kleinen Brücke, die zum Haupteingang des Justizgebäudes führte, verabschiedeten sie sich. „Du hast ja meine Handynummer", sagte der Exkommissar, der nach links in die Grünanlagen gehen wollte, um Öchsle noch etwas Auslauf zu gewähren. „Lass mich bitte wissen, ob es geklappt hat. Wenn die Anordnung kommt, rufe bitte Dr. Patschler an."

„Geht klar", erwiderte Meyer. „Das wird bestimmt lustig, weil Dr. Cinturafresa heute auch im Haus ist. Er will sich einen Mann vornehmen, der an einem Schlangenbiss gestorben ist."

„Pass bloß auf, dass er das Fax von der Staatsanwaltschaft nicht vor dir in die Hände bekommt. Er wird sicher nicht sonderlich erfreut sein zu erfahren, dass sein Obduktionsergebnis angezweifelt wird."

Rottmann sah auf seine Armbanduhr. Noch genügend Zeit, um einen ausgiebigen Spaziergang zu machen und anschließend zum Stammtisch zu gehen. Er zog seine Bruyère aus der Joppentasche und stopfte sie gemütlich, während Öchsle wie ein dunkler Pfeil freudig bellend über die Wiesen des Ringparks flitzte.

❖

Schorsch Nabenschlager rief ein freundliches „Herein", als es an seine Bürotür im Rathaus klopfte.

„Kann ich schon …?" Elvira Stark steckte den Kopf zur Tür herein.

„Ja, kommen Sie nur." Der Stadtrat hatte gerade ein längeres Telefonat beendet und war deshalb noch im Büro.

„Ich leere nur schnell Ihren Papierkorb aus", erklärte Elvira Stark. „Staubsaugen werde ich später, wenn Sie weg sind."

Nabenschlager sah ihr nachdenklich dabei zu, wie sie den Papierkorb in ihren Abfallsack entleerte. Schließlich sagte er:

„Frau Stark, verstehen Sie das bitte nicht falsch, aber ich muss Ihnen ein Kompliment machen. Die neue Frisur steht Ihnen ganz ausgezeichnet!"

Elvira bekam einen roten Kopf, als sie sich bedankte.

„Der gute Erich Rottmann weiß, glaub ich, gar nicht, was für ein Glück er hat, Sie zur Freundin zu haben."

„Lassen Sie das nur nicht Erich hören, das mit der Freundin, meine ich. Auf dem Gebiet ist er ausgesprochen empfindlich."

Nabenschlager nickte. „Ich weiß, ich weiß. Sie müssen halt Geduld mit ihm haben. Im Grunde seines Herzens hängt er an Ihnen. Glauben Sie mir, ich kenne den alten Grantler. Wenn ich zehn Jahre jünger wäre, würde ich ihm gewaltig Konkurrenz machen, das können Sie mir glauben. So eine gutaussehende Fränkin würde ich mir nicht durch die Lappen gehen lassen. Aber ich sehe schon, was Komplimente betrifft, bin ich aus der Übung." Er lachte, dann packte er seine Sachen zusammen und erhob sich. „Ich glaube, ich mache für heute Schluss." Kurz bevor er die Tür seines Büros erreichte, blieb er stehen. Offenbar war ihm noch etwas eingefallen. „Sie könnten mir einen Gefallen tun. Sie werden Erich heute doch sicher noch sehen." Er zwinkerte ihr schelmisch zu. „Richten Sie ihm doch bitte aus, dass er mich heute noch anrufen soll. Egal, wie spät es wird. Ich hätte Wichtiges mit ihm zu besprechen."

Elvira Stark überlegte eine Sekunde, dann erwiderte sie: „Kann ich gerne machen, Herr Nabenschlager."

Kurz nach neunzehn Uhr verließ Elvira Stark das Rathaus. Sie hätte gar zu gerne gewusst, was Nabenschlager mit Rottmann zu besprechen hatte. Sie holte ihr Mobiltelefon hervor und wählte Rottmanns eingespeicherte Handynummer. Mit fast hundertprozentiger Sicherheit saß Rottmann um diese Zeit beim Stammtisch. Normalerweise hätte sie ihn dort nicht gestört, aber Nabenschlagers Nachricht duldete keinen Aufschub. Ihr war natürlich klar, dass der Stadtrat Rottmann auch direkt hätte anrufen können. Aber der alte Fuchs wollte ihr wohl eine Gelegenheit bieten, sich mit Rottmann zu treffen. Der Exkommissar nahm nach dem vierten Läuten das Gespräch an. Deutlich war der Lärm in der Weinstube zu hören.

„Hallo Erich, hier ist Elvira. Könntest du bitte nach dem Stammtisch noch kurz bei mir vorbeikommen? Ich habe eine wichtige Nachricht für dich."

Ihr Gesprächspartner zögerte kurz, dann sagte er zu.

Es war fast dreiundzwanzig Uhr, als Erich Rottmann bei Elvira an der Tür klingelte. Als sie sich über die Sprechanlage meldete, sagte er: „Du wolltest mich unbedingt heute noch sprechen."

„Hallo, Erich, entschuldige, dass ich dich nicht mehr heraufbitte. Aber ich denke, für einen Besuch ist es dann doch schon ein wenig spät. Aber was ich dir zu sagen habe, geht auch über die Sprechanlage." Sie machte eine kurze Pause, dann fuhr sie fort: „Schorsch Nabenschlager hat mich heute in seinem Büro angesprochen. Er wollte, dass ich dir ausrichte, dass du ihn unbedingt noch heute anrufen sollst. Es scheint etwas sehr Wichtiges zu sein."

„Warum hat er mich nicht selbst angerufen?", fragte Rottmann verwundert. „Er hat doch meine Handynummer."

„Kann ich dir nicht sagen. Vielleicht war er zu beschäftigt."

„Okay, dann werde ich das mal machen", sagte Rottmann. „Danke fürs Ausrichten. Gute Nacht."

„Gute Nacht, Erich", gab Elvira zurück. Nachdenklich sah sie den Hörer der Sprechanlage an. Spontan hatte sie sich entschieden, eine Strategie anzuwenden, die sie auf dem Lehrgang in Bamberg vermittelt bekommen hatte: Erzeugung des Wunsches nach Nähe durch demonstrative Distanz. Es war ihr sehr schwergefallen, dies in der konkreten Situation durchzuhalten, da sie unter normalen Umständen Rottmann schon gerne hochgebeten hätte. Hoffentlich ging diese Strategie auf.

Rottmann stand einen Moment lang auf der Straße und blickte erstaunt auf die Haustür. Er hatte sich schon überlegt, welche Ausrede er benutzen sollte, um Elvira um diese Zeit nicht noch besuchen zu müssen. Dass sie ihn gar nicht oben haben wollte, war schon ungewöhnlich. Konnte es sein, dass sie Besuch hatte? Doch dann verwarf er den Gedanken wieder.

„Hm", brummte er vor sich hin und schloss seine Haustür auf. „Verstehe einer die Frauen!" Er beeilte sich, in die Wohnung zu kommen, um Nabenschlager anzurufen. Was konnte der Stadtrat von ihm wollen?

„Danke, Erich, dass du mich noch anrufst", sagte Nabenschlager. „Ich habe dich doch vor kurzem für einen guten Bekannten wegen des Todes dieses Rechtsanwalts Seibold angesprochen. Du wolltest mir doch Bescheid geben, wenn du Einzelheiten bezüglich der Todesursache herausgefunden hast."

Rottmann unterbrach ihn: „Schorsch, das stimmt. Tut mir leid, dass ich mich noch nicht gemeldet habe, aber die Sache ist leider nicht ganz so einfach, wie man denken könnte. Die Umstände seines Todes sind noch nicht endgültig geklärt."

„Ich weiß, Erich, ich weiß. Mein Bekannter und seine Familie hatten zunächst die Nachricht bekommen, dass der Tote für die Feuerbestattung freigegeben wurde. Heute hat ihm nun das Beerdigungsinstitut mitgeteilt, dass der Transport des Verstorbenen zum Krematorium verschoben sei, weil die Staatsanwaltschaft eine neuerliche Obduktion angeordnet hat. Das ist doch sehr ungewöhnlich, oder?" Er zögerte einen Augenblick. „Erich, ich hoffe, du verübelst es mir nicht, aber ich habe ihm gesagt, dass du vielleicht einige Informationen über das hinaus verschaffen könntest, was die Staatsanwaltschaft herauslässt. Er würde sich gern mal mit dir treffen. Würdest du das machen?“

Der Exkommissar runzelte die Stirn. Das klang alles sehr geheimnisvoll. „Hat dieser Bekannte auch einen Namen? Ich habe nachgesehen, aber in ganz Thüngen gibt es keine Familie Seibold.“

Nabenschlager zögerte, schließlich sagte er: „Erich, das ist nicht so einfach. Die Familie meines Bekannten befindet sich in einer exponierten Stellung und möchte jedes Aufsehen vermeiden. Wenn es dir recht ist, werde ich ein Treffen vermitteln, dann kann er selbst entscheiden, was er dir anvertraut.“

„Na gut. Sag mir halt Bescheid, wenn der geheimnisvolle Herr X mich treffen will. Ich komme mir schon vor, als wäre ich Bestandteil einer konspirativen Verschwörung.“ Rottmann lachte gekünstelt.

„Sobald ich mit ihm gesprochen habe, rufe ich dich an“, gab Nabenschlager zurück und legte auf.

In dieser Nacht schlief Rottmann ausgesprochen unruhig. Immer wieder wachte er auf und musste an die zweite Obduktion denken. Was mochte Dr. Patschler wohl herausgefunden haben?

Dienstag

Der Schoppenfetzer schlief länger als sonst. Rottmann hatte sich gerade einen Kaffee zubereitet und ein Marmeladenbrot geschmiert, als das Telefon läutete. Es war, wie er gehofft hatte, Meyer aus der Rechtsmedizin.

„Hallo Gottfried, kannst du mir schon was sagen?"

„Also Erich, ein dickes Kompliment an deinen Riecher! Dr. Patschler hat Seibold noch einmal untersucht. Die Marke am Rücken stammt seiner Meinung nach tatsächlich von einem Stromschlag. Ihrer Ausprägung nach dürfte sie von einem Elektroschocker stammen."

„Aha!", bekundete der ehemalige Leiter der Mordkommission seine Freude über dieses Ergebnis.

„Da ist aber noch etwas", fuhr Meyer fort. „Dr. Patschler hat auf dem Rücken der Leiche in der Nähe der Strommarke zwei nebeneinanderliegende Einstiche entdeckt. Er konnte jedoch nicht eindeutig identifizieren, woher die stammen."

Erich Rottmann spürte wieder das bekannte Kribbeln in seiner Nase.

„Außerdem hat Dr. Patschler nachgeforscht: Bei uns sind keine Aufträge an das Labor wegen irgendwelcher feingeweblicher Untersuchungen oder Blutproben vermerkt. Während der Obduktion durch Dr. Patschler ist Dr. Cinturafresa dazugekommen. Er hat sich wahnsinnig darüber aufgeregt, dass Patschler an Seibold eine nochmalige Untersuchung vorgenommen hat. Patschler hat Cinturafresa dann zur Rede gestellt und ihn gefragt, warum er keine Proben zur Untersuchung weitergegeben hat. Cinturafresa hat das wütend abgestritten und dies auf Schlamperei unserer Verwaltung zurückgeführt. Jedenfalls hat Dr. Patschler das jetzt nachgeholt und einen eiligen Untersuchungsauftrag an das Labor herausgegeben. Ich denke, das Ergebnis werden wir spätestens morgen haben." Meyer lachte leise.

„Was ist daran so lustig?", wollte Rottmann wissen.

„Du hättest mal hören sollen, wie sich die beiden gefetzt haben. Patschler hat ihm vorgehalten, dass erst durch die Aufmerksamkeit eines Obduktionsassistenten und eines pensionierten Kriminalbeamten die Schlamperei aufgedeckt worden sei. Cinturafresa hat dann darauf bestanden, die ‚Schlangenleiche' zu obduzieren. Dr. Patschler hat ihm aber erklärt, dass er das selbst erledigen werde. Das ist einem Kollegen gegenüber eine harte Gangart. Damit hat er ihm quasi gesagt, dass er ihn für unfähig hält. Dr. Cinturafresa hat wutentbrannt das Institut verlassen. Er will sich bei unserem obersten Chef beschweren."

Diese institutsinternen Probleme waren Rottmann egal. Ihn interessierte etwas ganz anderes. „Hat Patschler die Diagnose von Cinturafresa hinsichtlich einer natürlichen Todesursache bei Seibold geändert?"

„Nein, Erich. Er wird natürlich erst die Ergebnisse des Labors abwarten."

Rottmann bedankte sich bei Gottfried Meyer. Der versprach, Rottmann sofort zu informieren, falls es Neuigkeiten geben sollte.

Rottmann fand, es wurde Zeit, dass sich Nabenschlager

meldete. Öchsle musste langsam mal raus. Eine Stunde später entschied er sich, nicht länger zu warten. Wenn Schorsch ihn erreichen wollte, konnte er ihn auch auf dem Handy anrufen. Als er mit Öchsle die Rosengasse in Richtung Main hinuntermarschierte, warf er einen kurzen Blick hinauf zur Wohnung von Elvira. Ihr merkwürdiges, nein, er korrigierte sich, ihr ungewohntes Verhalten ging ihm durch den Sinn. Er zuckte mit den Schultern. Wahrscheinlich nur eine Laune. Als er nur wenige Meter vom Ufer des Mains entfernt war und sich gerade seine Pfeife anzünden wollte, klingelte sein Mobiltelefon. Es war Nabenschlager.

„Erich, entschuldige bitte, dass ich dich jetzt erst anrufe, aber ich habe meinen Bekannten erst vor wenigen Minuten erreicht. Das Treffen mit ihm muss leider vorerst verschoben werden, da in seiner Familie ein Ereignis eingetreten ist, das oberste Priorität hat. Ich sage dir wieder Bescheid."

„Kein Problem", gab Rottmann ironisch zurück. „Wenn Mister Unbekannt wieder Zeit hat, lass es mich wissen."

Nachdem sich Öchsle am Mainufer ausgetobt hatte, marschierte Erich Rottmann in Richtung Innenstadt. Der Stammtisch rief.

„Hast du das in der Main-Postille gelesen? Den großen Aufmacher auf der ersten Seite: ‚Polizeipräsidentin Lioba Matjes verschollen.' Sie ist am Montag nicht zum Dienst erschienen. Offenbar ist das an die Presse durchgesickert. Für Schöpf-Kelle war das natürlich ein gefundenes Fressen." Dr. Horst Ritter informierte Erich Rottmann, der sich gerade seinem kleinen Frankengedeck widmete: einer ordentlichen Portion Leberkäse, einer Laugenstange und einem Schoppen trockenem Silvaner.

„Vielleicht hatte sie halt mal keine Lust auf Akten und

gönnt sich einen Kurzurlaub", witzelte Alexander Marschmann, der ebenfalls mit einem großen Metzgerfrühstück beschäftigt war.

„Das ist doch Unsinn", brachte Rottmann zwischen zwei Bissen hervor. „Was ich so aus Kollegenkreisen gehört habe, soll sie ein richtiges Arbeitstier sein. Wenn man eine solche Führungsposition innehat, ist Zuverlässigkeit eine Grundvoraussetzung."

Die übrigen Schoppenfetzer stimmten ihm zu.

❖

Der Rächer stand vor der gefesselten und betäubten Polizeipräsidentin und blickte mit kaltem Blick auf sie herab. Das Medikament in der Infusion tat zuverlässig seine Wirkung. Die Frau schlief tief und fest. Gerade hatte er den Infusionsbeutel wieder gewechselt. Im Augenblick war sie in diesem Zustand am besten aufgehoben. Er hatte sich entschieden, ihr zu gegebener Zeit zu erklären, warum sie hier leiden musste. Sie sollte den Grund für seine Rache kennen. Erst dann würde er den Vollstrecker seine Arbeit tun lassen.

Als seine Mutter vor wenigen Jahren im hohen Alter von sechsundneunzig Jahren gestorben war, hatte sie ihm auf dem Sterbebett das Vermächtnis anvertraut, das schon seit vielen Generationen in seiner Familie weitergegeben worden war. Bisher war aber offenbar keiner in der langen Reihe seiner Ahnen in der Lage gewesen, dieses Vermächtnis zu erfüllen. Es bestand aus einer alten, stark angegriffenen Urkunde, die für ihn unleserlich war und in der Familie wie eine Reliquie behandelt wurde. Seine Mutter hatte ihn jedoch über den Inhalt aufgeklärt.

Als er die Worte seiner Mutter gehört hatte, war es wie ein Blitzschlag in ihn gefahren, und er hatte schlagartig gewusst, dass er der Berufene, der Auserwählte war, der als Rächer das Unrecht vergelten musste. Sie hatte ihm auch gesagt, dass die Schrift von einer Steintafel berichtet, die die magischen Kräfte eines Fluches in sich trage und denjenigen, der sich als Rächer betätigte, die erforderliche Energie verleihen würde. Hinweise über den Aufenthaltsort der Steintafel hatten sich ebenfalls der Urkunde entnehmen lassen.

Der Rächer riss sich aus seinen Gedanken und kontrollierte noch einmal den Tropf. Er hatte natürlich die Schlagzeilen in der Zeitung gelesen. Es würde nicht mehr lange dauern, ehe intensiv und großräumig nach der Frau gesucht wurde. Hier würde man sie zwar vorerst nicht vermuten, aber es gab andere, unerwartete und mit Vorsicht zu bewertende Entwicklungen, die ihm gar nicht gefielen. Er musste zusehen, dass man ihm nicht auf die Schliche kam, bevor er seine Mission erfüllt hatte. Er beugte sich vor und prüfte die Gurte. Sie waren nicht zu eng, konnten von ihr aber auch nicht gelöst werden. Nach einem letzten Blick auf die zahlreichen Instrumente in den Glasvitrinen löschte er das Licht und verließ den Raum. Fast lautlos glitt der Riegel der Metalltür in seine Verankerung. Lioba Matjes war wieder allein.

Mittwoch

Dr. Jule von der Mauer, die zuständige Kunsthistorikerin des Mainfränkischen Museums auf der Festung Marienberg, betrachtete die Steinplatte mit dem Relief, die ihr Kriminalhauptkommissar Florian Deichler in der Beweismitteltüte auf den Schreibtisch gelegt hatte, mit großem Interesse. Er hatte sich entschlossen, das Steinrelief von ihr begutachten zu lassen. Wenn es tatsächlich historisch war und einen gewissen Wert verkörperte, half dies vielleicht auch ein Stück weit bei der Einschätzung des ungeklärten Todesfalles von Robert März.

„Sie können das Teil ruhig herausnehmen", erklärte Deichler, der ihr gegenüber auf einem wackeligen Besucherstuhl saß. „Unsere Spurensicherung hat es nach allen Regeln der Kunst nach verwertbaren Spuren untersucht, aber leider nichts gefunden."

Bei diesen Worten warf ihm Frau von der Mauer einen verärgerten Blick zu. „Ich hoffe, Ihre Kollegen haben dieses Teil, wie Sie es nennen, nicht beschädigt. Mein erster Eindruck ist, dass es sich hierbei tatsächlich um ein Original handeln könnte."

Deichler zog die Augenbrauen in die Höhe. „Ein Original? Von wem?"

„Mal langsam, Herr Kommissar. Um eine zuverlässige Expertise erstellen zu können, muss ich mir die Arbeit genauer ansehen und den Rat von Kollegen einholen. Und Sie dürfen mir nicht sagen, wo Sie dieses Werk gefunden haben?“

Deichler schüttelte den Kopf.

Die Wissenschaftlerin zog ihre Schreibtischschublade auf und holte eine Lupe hervor. Dann breitete sie auf dem Tisch ein weiches Filzvlies aus, auf das sie die Steinplatte legte. Sie schaltete die starke Schreibtischlampe an und beugte sich mit der Lupe über das Kunstwerk. Deichler lehnte sich zurück und wartete. Stück für Stück untersuchte Frau von der Mauer das Relief mit der Lupe. Als fast zwanzig Minuten vergangen waren, räusperte sich Deichler dezent. Er hatte den Eindruck, dass die Frau ihn völlig vergessen hatte.

Irritiert blickte sie auf und sah den Kriminalbeamten verwirrt an. „Wenn mich nicht alles täuscht, haben wir hier eine Sensation auf dem Tisch liegen“, brachte sie schließlich hervor. „Einen Moment bitte, das muss ich einem Kollegen zeigen.“

Sie telefonierte kurz und bat ihren Gesprächspartner zu sich. Nachdem sie Deichler kurz mit Dr. Nordmann, einem sehr jungen Wissenschaftler, der gerade am Mainfränkischen Museum hospitierte, bekannt gemacht hatte, gab sie ihm die Lupe. „Schauen Sie sich das an.“ Sie wies auf die Steinplatte. „Wie würden Sie das einordnen?“ Mehr erklärte sie nicht.

Nordmann setzte sich und untersuchte das Stück genauso gründlich wie Frau von der Mauer, schließlich lehnte er sich zurück und meinte: „Wenn es nicht dieses satanische Motiv wäre, könnte es ein später Riemenschneider sein – oder zumindest aus der Schule Riemenschneiders stammen.“

Frau von der Mauer nickte zufrieden. „Zu diesem Ergebnis bin ich auch gekommen. Tilman Riemenschneider war ein sehr gläubiger Mensch, der vor allen Dingen religiöse Motive geschaffen hat. Diese Schlange hier mit dem weit geöffneten Rachen und den sichtbaren Giftzähnen deutet eher auf eine symbolische Darstellung des Teufels hin. Das Kunstwerk ist nicht signiert. Aber das hat nichts zu sagen. Riemenschneider war ein sehr bescheidener Mensch, der, soweit bekannt, seine Werke niemals signiert hat."

Nordmann nickte bekräftigend. „Auch die Verwendung dieses Steins deutet meines Erachtens auf ein spätes Werk hin. Riemenschneider hat, nachdem er wegen seiner Unterstützung der aufständischen Bauern in Ungnade gefallen war, von kirchlicher Seite keine Aufträge mehr bekommen. Da die Kirche und die Gemeinden damals seine Hauptauftraggeber waren, stand er praktisch vor dem Ruin. Er musste Gesellen entlassen. Sein Sohn Georg, oder auch Jörg, wie man ihn nannte, der damals die Werkstatt seines Vaters übernahm, hielt die Familie mit der Herstellung von Grabmalen über Wasser. Dieser Stein hier", er deutete auf die Tafel, „entspricht dem Material, das man seinerzeit üblicherweise für die Herstellung von kostengünstigen Grabsteinen verwendete."

„Ganz meiner Meinung", ergänzte Frau von der Mauer. „Derjenige, der dieses Relief geschaffen hat, hat vermutlich das Material gewählt, das ihm gerade zur Verfügung stand. Ich denke daher, dass es sich nicht um eine Auftragsarbeit handelt. Hier hat jemand seinen Zorn versinnbildlicht."

„Also gibt es keinen sicheren Beweis, dass dieses Kunstwerk von Riemenschneider stammt?", wollte Deichler wissen.

Frau von der Mauer schüttelte den Kopf. „Es deutet vieles darauf hin, es könnte aber wie gesagt auch ein Schüler von Riemenschneider gefertigt haben. Wenn wir wüssten, woher es stammt, würde uns dies sicher weiterhelfen."

Deichler schob die Steinplatte wieder vorsichtig in die Plastiktüte hinein.

Die Kunsthistorikerin sah ihn befremdet an. „Ich denke, dass dieses Werk in die Hände des Museums gehört."

Florian Deichler schüttelte den Kopf. „Im Augenblick ist es ein Beweisstück in einem Ermittlungsverfahren. Sie können sich darauf verlassen, dass es von uns sorgfältig behandelt und aufbewahrt wird. Wenn wir den Täter geschnappt haben und ihm der Prozess gemacht wurde, können Sie Ihre Ansprüche gerne wieder geltend machen. Bis dahin … tut mir leid."

Der Kriminalhauptkommissar bedankte sich bei den beiden Wissenschaftlern für ihre Expertenmeinung und verließ das Mainfränkische Museum.

Dieser Fall mit dem toten Hausmeister wurde immer mysteriöser. Natürlich hatte er den beiden Kunsthistorikern nicht gesagt, bei wem man den Stein gefunden hatte. Vermutlich hätten die beiden dann sofort angenommen, dass März das Kunstwerk aus dem Bestand des Museums entwendet hatte, was nicht ganz von der Hand zu weisen war. Auf der anderen Seite hätten sie es, wenn es tatsächlich ein Werk Riemenschneiders gewesen wäre, mit Sicherheit gekannt. Er legte den Stein vorsichtig neben sich auf den Beifahrersitz, dann fuhr er wieder hinunter in die Direktion.

Als er sein Büro betrat, erwarteten ihn zwei weitere Überraschungen. Zum einen lag auf seinem Schreibtisch ein Zettel, wonach er sich sofort bei Sebastian Krämer, seinem Chef, melden sollte. Und dann lag da noch ein Fax aus der Rechtsmedizin, in dem in wenigen Sätzen ausgeführt wurde, dass nach der feingeweblichen Untersuchung von Gewebeteilen und Blutuntersuchungen mit hoher Wahrscheinlichkeit der Biss einer Schlange den Tod Seibolds verursacht hatte. Aufgrund der Blutanalyse und nach Konsultation von Schlangenexperten könne man davon ausgehen, dass Seibold von einer Boomslang gebissen worden sei. Deichler schüttelte ungläubig den Kopf. Was war das denn? Zwei Todesfälle in Würzburg durch Schlangenbiss! Er legte das Fax zur Seite und machte sich auf den Weg zu Krämer.

Als Deichler das Büro seines Chefs betrat, telefonierte dieser gerade. Er machte Deichler eine Zeichen, dass er trotzdem eintreten solle. Krämer sagte noch zweimal „Jawohl", dann legte er auf und wandte sich seinem Mitarbeiter zu. „Deichler, setzen Sie sich. Sie wissen ja, was passiert ist. Eigentlich sollte die Geschichte mit unserer Polizeipräsidentin unter ‚top secret' laufen, aber es muss im Präsidium ein Leck geben, so dass es an die Presse gelangt ist. Höchst ärgerlich!"

Deichler nickte. Der Mann tat ja gerade so, als wäre er der große Schweiger. Dabei war es sein Chef, der sehr gern in Pressekonferenzen vor der Journalistenschar glänzte.

„Ich weiß auch nicht mehr, als in der Zeitung steht, Herr Krämer. Was ist passiert?"

„Sie wird ganz einfach vermisst!", gab Krämer ungeduldig zurück. „Sie hätte am Montag einige wichtige Termine gehabt, ist aber nicht zum Dienst erschienen und hat sich auch nicht entschuldigt. Das Präsidium hat nun Alarm geschlagen. Zuletzt wurde sie am Freitag bei einer dienstlichen Veranstaltung in der Rechtsmedizin gesehen. Seitdem fehlt von ihr jede Spur. Ihr Fahrer hätte sie dort abholen sollen, sie hat ihn jedoch nicht angerufen. Der Vizepräsident hat nun alle Dezernatsleiter zu einer Krisensitzung einberufen. Wahrscheinlich wird er eine Sonderkommission zusammenstellen, der ich sicher auch angehören werde." Er beugte sich über den Schreibtisch nach vorn und sah Deichler durchdringend an. „Herr Kollege, ich gehe davon aus, dass Sie während meiner Abwesenheit das Dezernat ordentlich verwalten werden. Schwierige Fälle, die meine Anwesenheit zwingend notwendig gemacht hätten, liegen ja im Augenblick nicht an." Er erhob sich zum Zeichen, dass das Gespräch beendet war. „Selbstverständlich werden Sie mich über alle laufenden Fälle per Telefon auf dem Laufenden halten. Ich hoffe, dass unsere geschätzte Präsidentin schnell wieder auftaucht."

Florian Deichler wünschte seinem Chef noch viel Erfolg, dann war er wieder draußen. Die Geschichte mit der verschollenen Polizeipräsidentin war ein ziemlicher Hammer.

In sein Dienstzimmer zurückgekehrt, nahm Deichler noch einmal das Fax zur Hand. Vorhin, als er es zum ersten Mal angesehen hatte, war ihm etwas aufgefallen, was er aber wegen der eiligen Botschaft Krämers gedanklich nicht weiterverfolgt hatte. Konzentriert las er es noch einmal. An einer bestimmten Stelle stockte er. Da war es! Die Vermutung, dass Seibold von einer Schlange mit der Bezeichnung „Boomslang" gebissen worden war. Ein Name, der so außergewöhnlich war, dass er ihn sich gemerkt hatte. Er suchte den Vorgang mit dem Leichenfund in der Sanderau heraus. Dieser März hatte in seiner Wohnung drei Giftschlangen gehalten. Das Sicherstellungsverzeichnis, das die Kollegen von der Spurensicherung ausgestellt hatten, befand sich in den Akten. Er hatte sich richtig erinnert. Eine der Schlangen war eine Boomslang gewesen. Was hatte der Schlangenexperte, dieser Dr. Marstal, gesagt? Boomslangs würden nur selten von Schlangenfreunden gehalten. Wenn diese Schlange aber so selten war, kam man zu der zwingenden Frage: Gab es womöglich eine Verbindung zwischen Seibold und März? Als die Spurensicherung Seibolds Wohnung routinemäßig überprüft hatte, war festgestellt worden, dass er bedeutende Kunstschätze besessen hatte. War März, der Zugriff auf die Kunstschätze des Mainfränkischen Museums hatte, der Lieferant dieser Werke für Seibold gewesen? Der Umstand, dass man in seiner Wohnung das wertvolle Relief gefunden hatte, sprach dafür. Vielleicht hatten sich

Seibold und März gestritten und März hatte die Schlange auf Seibold losgelassen? Jedenfalls war dies eine mögliche Spur. März rückte auf Rang eins der des Mordes an dem Rechtsanwalt Verdächtigen vor. Florian Deichler hatte das Gefühl, dass dies erst der Anfang von verzwickten Ermittlungen war.

Donnerstag

Es war noch früh am Tag, als Rottmann von Gottfried Meyer telefonisch über das Ergebnis der Gewebeuntersuchung von Seibold informiert wurde. „Unsere Fachleute im Labor sind der Meinung, dass Seibolds Blutbild mit dem Blutbild, das sich bei einem Biss durch eine Boomslang ergibt, übereinstimmt. Natürlich haben sie diesbezüglich Auskünfte im Tropeninstitut eingeholt. Das Gift dieser Schlange wirkt nicht sofort tödlich. Vereinfacht ausgedrückt wird zeitlich versetzt zunächst die Blutgerinnung massiv aktiviert. Außerdem zerstört das Gift die Blutgefäße. Durch den massiven Verbrauch der Gerinnungsfaktoren wirkt es unter dem Strich gerinnungshemmend, und die gebissenen Menschen verbluten gewissermaßen innerlich. Das kann natürlich bei einer Obduktion auf den ersten Blick so aussehen, als hätte der Tote ein durchgebrochenes Magengeschwür gehabt."

„Habt ihr denn mal mit diesem Aushilfsobduzenten gesprochen? Der muss doch einen Grund genannt haben, weshalb er so schludrig gearbeitet hat."

„Dr. Cinturafresa ist eigentlich ein renommierter Wissenschaftler, der nicht zum ersten Mal bei uns eingesprungen ist. Wir können uns auch nicht erklären, was in diesem Fall der Grund für seine Nachlässigkeit war." Meyer machte eine kurze Pause, dann fuhr er fort: „Es gibt manchmal schon merkwürdige Zufälle. Zurzeit sind bei uns Schlangenbisse ziemlich angesagt. Wir haben hier eine weitere Leiche untersucht, bei der die Todesursache ebenfalls ein Schlangenbiss war. Von einem sogenannten Taipan. Hab ich vorher noch nie gehört. Eine verdammt giftige Spezies, deren Biss sehr schnell wirkt. Ganz anders als bei dieser Boomslang."

Nach dem Telefonat hatte Erich Rottmann zunächst einige Zeit gebraucht, um diese Informationen einzuordnen. Er kam zu dem Ergebnis, dass er dringend mit Florian Deichler reden musste. Der ehemalige Leiter der Würzburger Mordkommission griff zum Hörer und rief seinen früheren Mitarbeiter an.

„Du, Erich, ich hänge momentan ganz schön drin. Du weißt ja, was bei uns los ist. Krämer ist in die Sonderkommission berufen worden, die das Verschwinden unserer Präsidentin aufklären soll. Und ich darf mich jetzt allein mit zwei ungeklärten Todesfällen herumschlagen, die mehr als rätselhaft sind."

„Vielleicht kann ich dich ein wenig unterstützen", gab Rottmann zurück. „Ich schlage vor, wir treffen uns in deiner Mittagspause unten am Main in der Nähe der Löwenbrücke. So ein kleiner Gedankenaustausch ist oftmals hilfreich."

„Erich, Mittagspause, was ist Mittagspause? Ich muss heute durcharbeiten."

„Etwas frische Luft tut in solchen Situationen gut. Aber ich kann dich verstehen. Ich hätte es früher auch nicht anders gemacht. Dann komme ich nach dem Stammtisch mal kurz bei dir vorbei." Ohne Abschiedsgruß beendete Rottmann das Gespräch und legte auf. Wenig später war Erich Rottmann mit Öchsle unterwegs zum Stammtisch.

Florian Deichler seufzte und legte den Hörer auf. Wenn sich Erich Rottmann etwas in den Kopf gesetzt hatte, war er kaum davon abzubringen.

Kurz vor zwölf klopfte Rottmann an Deichlers Tür. Öchsle hatte selbstverständlich ohne Probleme die Pforte passieren dürfen. Mittlerweile wusste selbst der jüngste Polizeianwärter aufgrund der vielen Presseveröffentlichungen über Rottmanns und Öchsles Ermittlungserfolge, dass der Rüde unter die Kategorie Diensthund fiel.

„Servus, Florian", grüßte der ehemalige Chef der Mordkommission und ließ sich wie selbstverständlich auf dem Stuhl nieder, der neben Deichlers Schreibtisch stand. Ein Platz, auf dem normalerweise Beschuldigte und Zeugen saßen, um ihre Aussagen zu machen.

„Erich, tut mir leid, aber ich muss erst noch ein wichtiges Telefonat führen, dann habe ich Zeit für dich." Er griff zum Hörer und wählte.

Rottmann nickte verständnisvoll. Während Deichler telefonierte, glitt Rottmanns Blick über den Schreibtisch seines ehemaligen Mitarbeiters. Wieder einmal war er froh, dass er diesen Bürokram nicht mehr am Hals hatte. Er richtete sein Augenmerk auf die Ablageschale, die direkt neben ihm stand. Obenauf lag eine Faxnachricht aus der Rechtsmedizin. Der Name Theodor Seibold sprang ihm regelrecht ins Auge. Gleich daneben stand etwas, was Rottmann fast zu einem Überraschungsausruf veranlasst hätte. Er konnte sich gerade noch beherrschen. Deichler sah während des Telefonats zum Fenster hinaus und achtete nicht auf seinen Gast. Rottmann begann schnell zu lesen. In dem Fax ging es um das Ergebnis der zweiten Obduktion von Theodor Seibold.

Als Deichler das Telefonat beendet hatte, wandte er sich seinem ehemaligen Chef zu. „Erich, entschuldige, aber ich habe dir ja gesagt, dass es heute hier wie in einem Tollhaus zugeht. Was kann ich für dich tun?"

„Kein Problem, Florian." Rottmann musste sich zusammenreißen, um sich seine innere Anspannung nicht anmerken zu lassen. Als er weitersprach, war er nur halb bei der Sache, so sehr beschäftigte ihn das Gelesene. „Der Name Dr. Cinturafresa sagt dir doch etwas."

Deichler legte seine Stirn in Falten. „Das ist der Pathologe, der Seibolds erste Obduktion durchgeführt hat. Warum fragst du?"

Rottmann nickte. „Gibt es über den Mann irgendwelche Erkenntnisse hinsichtlich seiner Qualifikation? Es ist doch ungewöhnlich, dass ein studierter Pathologe bei einer Obduktion solche gravierenden Fehler begeht."

Deichler zuckte mit den Schultern. „Der Mann war mir bisher nur als gelegentlicher Vertreter in der Rechtsmedizin bekannt. Vor ein paar Tagen hatte ich erstmals dienstlich mit ihm zu tun, als er als Rechtsmediziner bei einem Leichenfund in der Sanderau auftrat. Ich kann eigentlich nichts Negatives über ihn sagen."

„War das dieser März mit seinen Schlangen?"

Deichler sah Rottmann erstaunt an. „Woher weißt du das denn schon wieder?"

„Ach, ich hatte ein Gespräch mit Meyer von der Rechtsmedizin, der hat so etwas erwähnt. Er sprach auch über eine bestimmte Schlangenart, die ursächlich für den Tod von Seibold sein soll. Eine solche Schlange soll auch bei März in der Wohnung gefunden worden sein. Meinst du nicht, dass es da einen Zusammenhang geben könnte? So wie sich das anhört, scheint diese Schlangenart sehr selten zu sein. Übrigens, Meyer war auch ziemlich überrascht über die Fehler, die Dr. Cinturafresa gemacht hat."

„Erich, ich kann dir sagen, dass dieser März mein Hauptverdächtiger ist. Vieles passt da zusammen. Wir haben in der Wohnung von Robert März ein Kunstwerk gefunden, das die

Fachleute des Mainfränkischen Museums mit großer Wahrscheinlichkeit Tilman Riemenschneider zuordnen. Wenn das zuträfe, wäre das eine Sensation!"

Er erhob sich und ging zu einem mit Sicherheitsschloss versehenen Schrank. Deichler öffnete ihn und holte das Steinrelief heraus. „Bitte mit Vorsicht behandeln. Wenn das zutrifft, was die Experten sagen, ist es von unschätzbarem Wert." Er legte es vor Rottmann auf den Schreibtisch. Dieser betrachtete das Kunstwerk ausgiebig und meinte dann: „Ich kann mir nicht vorstellen, dass ein Mann wie März so etwas Wertvolles legal besessen hat."

„Ich auch nicht. Seibold war Kunstsammler. Da könnte es schon einen Zusammenhang geben. Leider können wir beide nicht mehr befragen."

„Es ist alles noch ziemlich verworren", sprach Deichler weiter und legte das Relief wieder in den Schrank zurück. „März hat im Mainfränkischen Museum als Hausmeister gearbeitet. Ich habe natürlich auch gedacht, dass er das Kunstwerk dort entwendet hat, aber diese Arbeit war in der Riemenschneider-Sammlung des Museums nicht katalogisiert. Da gibt es noch einiges aufzuklären. Aber ich werde am Ball bleiben." Er setzte sich an den Schreibtisch zurück. „Und ich werde mich, sobald ich mal wieder etwas Luft habe, wegen dieses Dr. Cinturafresa umhören. Versprochen. Aber im Augenblick …" Er deutete hilflos auf seinen beladenen Schreibtisch.

Erich Rottmann erhob sich. „Dann will ich dich mal nicht länger aufhalten. Denk dran: In der Ruhe liegt die Kraft. Ach, was mir da noch einfällt: Wo hat dieser Robert März eigentlich gewohnt?"

Florian Deichler sah seinen ehemaligen Chef skeptisch an. „Erich, höre ich da schon wieder den Ermittler sprechen?

Mach mir bloß keinen Ärger. Den kann ich im Augenblick wirklich nicht gebrauchen!“

„Mein Gott, wenn du so eingespannt bist, kann ich mich doch mal ganz unverbindlich im Umfeld von März umhören. Ich werde dich auch auf dem Laufenden halten.“ Er sah seinen ehemaligen Mitarbeiter mit schiefgelegtem Kopf an.

„Liegnitzer Straße 8“, gab Deichler knapp zurück. „Halte dich aber zurück. Denk dran, du bist pensioniert!“

Rottmann winkte lächelnd zurück, dann gab er Deichler die Hand und rief Öchsle, der sich unter dem Schreibtisch zu einem kleinen Nickerchen zusammengerollt hatte.

Auf der Straße setzte Rottmann seine Pfeife unter Dampf. Er musste dringend mit Nabenschlager sprechen. Deshalb schlug er den direkten Weg zum Grafeneckart ein.

Erich Rottmann hatte Glück. Der Stadtrat war in seinem Büro. Nabenschlager war erstaunt, dass Rottmann so ohne Voranmeldung bei ihm auftauchte. Er bot ihm einen Platz an. „Erich, was gibt mir die Ehre deines Besuchs?“ Öchsle holte sich bei ihm schnell ein paar Streicheleinheiten ab.

Rottmann sah sein Gegenüber bedeutungsvoll an, dann kam er direkt auf den Punkt. „Schorsch, trifft es zu, dass dein Bekannter aus Thüngen, der mich sprechen wollte, der Freiherr von Thüngen ist?“

Nabenschlagers Augenbrauen zuckten überrascht nach oben. Obwohl er ein gewiefter Politiker war, verfügte er nicht über genügend schauspielerische Fähigkeiten, um die scharfen Augen des ehemaligen Leiters der Mordkommission zu täuschen. Rottmann las in Nabenschlagers Miene wie in einem offenen Buch.

„Also habe ich recht“, gab er selbst die Antwort.

„Wie hast du denn das herausgefunden?“, wollte der Stadtrat wissen. „Freiherr von Thüngen hat mich sehr eindringlich um Diskretion gebeten."

„Das bedurfte keiner großen kriminalistischen Ermittlungen", gab Rottmann zurück. „Die Rechtsmedizin hat selbstverständlich die vollständigen Personalien des Toten aufgenommen. Die lauteten ‚Theodor Friedrich Seibold, geborener von Thüngen'. Kannst du mir sagen, warum ein renommierter Rechtsanwalt seinen Geburtsnamen abändert?"

Nabenschlager erhob sich. „Erich, nachdem du das herausgefunden hast, werde ich Freiherrn von Thüngen nochmals bitten, sich mit dir zu treffen. Bist du damit einverstanden, wenn ich ihn gleich anrufe?"

Rottmann gab seine Zustimmung.

Das Gespräch dauerte nicht lange. Offenbar hatte Nabenschlager den Mann auf dem Mobiltelefon erreicht. „Durch einen glücklichen Zufall ist Herr von Thüngen gerade in der Stadt. Wie du gehört hast, habe ich ihn hierher in mein Büro gebeten. Das garantiert auch die gewünschte Diskretion. Er kann dir dann alle deine Fragen beantworten. Kann ich dir die Wartezeit mit einem Schoppen verkürzen?" Nabenschlager öffnete einen Schrank, in dem ein kleiner Campingkühlschrank eingebaut war, und holte einen Bocksbeutel heraus.

Rottmann hatte zwar beim Stammtisch schon zwei Silvaner genossen, doch eine kleine Stärkung zur Unterstützung seiner momentanen geistigen Schwerarbeit konnte nicht schaden.

Es dauerte knapp zwanzig Minuten, dann klopfte es an die Tür. Ein hochgewachsener, mittelalter schlanker Mann mit vollem graumeliertem Haar trat ein.

„Darf ich euch bekannt machen", sagte Nabenschlager, „Ewald Freiherr von Thüngen, Erich Rottmann, ehemaliger Leiter der Würzburger Mordkommission."

Rottmann hatte sich zur Begrüßung erhoben. Nun ließen sich alle am runden Tisch nieder. Der Exkommissar bemerkte die legere, sportliche Kleidung des Mannes, der so eher als ganz normaler Bürger denn als Vertreter eines alten Adelsgeschlechts durchgegangen wäre. Nabenschlager bot seinem neuen Gast auch ein Glas Wein an, das dieser gerne annahm. In Rottmanns Augen ein weiterer Sympathiepunkt.

Der Stadtrat übernahm es, den Freiherrn über den aktuellen Wissensstand von Rottmann zu informieren. Der Freiherr nickte dankbar, dann richtete er das Wort direkt an Rottmann. „Sie wundern sich vielleicht, dass ich so eine Geheimniskrämerei betreibe. Meine Familie und ich befinden uns in einer schwierigen Situation. Wie Sie herausgefunden haben, war Theo ein von Thüngen. Sie werden sich vielleicht fragen, warum er den Namen nicht getragen hat. Ich möchte es mal so formulieren, Theo war so etwas wie das schwarze Schaf der Familie. Vom Alter her wäre eigentlich er es gewesen, der den Stammsitz unserer Familie und unsere Geschäfte hätte übernehmen sollen. Das hat er aber bereits in jungen Jahren abgelehnt und wollte seine eigenen Wege gehen. Das tat er dann auch. Er studierte Jura und wurde in Frankfurt ein angesehener Rechtsanwalt. Theo war der Meinung, dass ihm der Name von Thüngen bei seiner Karriere im Wege stehen würde. Er wollte nicht als elitärer Adeliger erscheinen. Sobald es rechtlich möglich war, hat er deshalb den Namen seiner Ehefrau angenommen und von da an unter ‚Seibold' firmiert."

„So weit, so gut", erwiderte Rottmann. „Trotzdem verstehe ich nicht, was dabei problematisch sein soll."

„Dazu muss ich leider etwas ausholen. In unserer Familie gibt es eine alte Überlieferung. Ich muss ehrlich gestehen, dass ich diese Geschichte immer für eine alte Mär gehalten habe, die irgendwann ihren Ursprung hatte und dann von Generation zu Generation weitererzählt und dabei immer wieder verändert wurde." Man konnte ihm ansehen, dass ihm das, was er jetzt sagen wollte, peinlich war. „Nach dieser Überlieferung hat der Würzburger Bildhauer Tilman Riemenschneider, nachdem ihn mein Vorfahr Fürstbischof Konrad II. von Thüngen hatte einkerkern und foltern lassen, nach seiner Freilassung einen Fluch über den Fürstbischof und sein Geschlecht ausgesprochen. Danach soll das Adelsgeschlecht derer von Thüngen durch eine Schlange von dieser Erde getilgt werden. Die Schlange ist hier als Synonym für Satan, den Teufel, zu sehen. Angeblich soll Tilman Riemenschneider ein letztes Kunstwerk geschaffen haben, das diesen Fluch verkörpert."

Er lehnte sich zurück. „Glauben Sie mir, ich bin wirklich nicht abergläubisch, zumal seit diesem angeblichen Fluch fast fünfhundert Jahre vergangen sind und die von Thüngen immer noch fröhlich den Erdball bevölkern. Zumindest bis jetzt. Denn vor zwei Wochen erhielt ich einen anonymen Brief. Es war eigentlich kein Brief, sondern nur ein Umschlag, in dem ein einziges Blatt Papier steckte. Es trug eine mit Computer geschriebene Botschaft, die sinngemäß besagte, dass jetzt die Zeit gekommen sei, den Fluch aus der Vergangenheit einzulösen. Mehr nicht. Ich habe eigentlich nicht viel darauf gegeben, da meine Familie hin und wieder verrückte Briefe bekommt. Als dann aber Theo durch einen Schlangenbiss getötet wurde, habe ich diese Drohung plötzlich anders gesehen."

„Warum haben Sie sich nicht an die Polizei gewandt?", wollte Rottmann wissen.

„Können Sie sich vorstellen, welche Pressemeldungen das ausgelöst hätte, wenn publik geworden wäre, dass wir Theos Tod mit einem alten Fluch in Verbindung bringen? Ich muss versuchen, meine Familie hier möglichst herauszuhalten.

Außerdem hätte das den Täter, der meiner Meinung nach nur verrückt sein kann, noch in seinem Wahn bestärkt. Nein, nein, das muss diskret abgewickelt werden.“ Er trank einen Schluck Wein, dann sah er Rottmann ernst an. „Es gibt da noch etwas, was Sie wissen müssen.“

❖

Der Rächer stand neben der gefesselten Polizeipräsidentin und beobachtete, wie sie langsam aus der Betäubung erwachte. Er ließ sie in bestimmten Intervallen so weit zu sich kommen, dass sie, wenn auch mit seiner Unterstützung, auf die Toilette gehen konnte. Es war schon erstaunlich, was ein paar Tage Gefangenschaft aus einem Menschen machten. Ihr Gesicht war von der Droge aufgedunsen, ihr Haar fettig und die Kleidung derangiert. Sie roch nach Schweiß und Körperausdünstungen. Da war nicht mehr viel übrig von der Galionsfigur der unterfränkischen Polizei. Wie mochten dann die Menschen in früheren Jahrhunderten gelitten haben, die eine grausame Kerkerhaft in feuchten Verliesen, inmitten ihrer Körperausscheidungen, erleiden mussten? Je länger er sich das ausmalte, desto mehr bestärkte es ihn in seinem Willen, hier endlich Gerechtigkeit walten zu lassen.

Als sie so weit zu Bewusstsein gekommen war, dass sie ihre Muskulatur einigermaßen steuern konnte, löste er die Fesseln und half ihr in eine sitzende Position. Ihm war klar, dass ihr Kreislauf einige Zeit benötigte, um sich in der aufrechten Haltung zu stabilisieren. Während er sie stützte, lallte sie einige unverständliche Worte vor sich hin. Wortlos zog er sie schließlich hoch und brachte sie in den angrenzenden Waschraum. Nachdem sie fertig war, führte er sie wieder zum Tisch. Mittlerweile war die Frau so weit zu sich gekommen, dass sie ihre Umwelt wieder zur Kenntnis nahm. Als der Rächer sie am

Arm fasste, versuchte sie, ihn von sich zu stoßen. Dabei gab sie einige unverständliche Wortfetzen von sich. Er zwang sie mühelos in die liegende Position zurück und schnallte sie fest. Schnell schloss er sie wieder an die Infusion an und setzte den Tropf in Gang. Es dauerte nur kurze Zeit, dann war sie wieder besinnungslos. Er löschte das Licht und verließ den Raum. Es gab noch einige Dinge, die er erledigen musste, ehe er in einem gewaltigen „Finale furioso“ seinen Rachefeldzug vollenden würde.

Der Rächer hatte herausgefunden, dass sich jemand für seine Aktivitäten interessierte. Er musste dafür sorgen, dass diese Person ausgeschaltet wurde, bis er seine Mission beendet hatte.

Freitag

Nach dem Gespräch im Rathaus hatte Erich Rottmann das Gefühl gehabt, dass es noch etwas dauern würde, ehe die einzelnen Puzzleteile in seinem Kopf an die richtige Stelle fielen. Nachdem er keine anderen Anhaltspunkte hatte, erschien es ihm sinnvoll, im Umfeld dieses Robert März zu ermitteln. Der Schoppenfetzer fragte sich, woher wohl die Steintafel stammte, die man unter der Leiche gefunden hatte. Von seinem Hausmeistergehalt hatte März solch ein wertvolles Stück jedenfalls nicht erstehen können. Also machte sich der Schoppenfetzer kurz nach dem Mittag mit Öchsle auf den Weg in die Sanderau.

Das Wohnhaus in der Liegnitzer Straße war ein ansprechendes achtgeschossiges Gebäude in einer gepflegten Gartenanlage. Kein Mensch hätte hinter dieser Fassade eine illegale Schlangenhaltung vermutet. Unter einer Pergola auf dem Rasen neben dem Haus saß ein Mann an einem Tisch, ein Weizenbier vor sich, und las in einer Zeitung. Rottmann nickte ihm kurz zu, ging weiter zur Eingangstür und musterte die zahlreichen Klingelschilder.

„Kann ich Ihne irchendwie helf?“, drang die Stimme des zeitunglesenden Mannes unter der Pergola hervor.

Erich Rottmann drehte sich um und näherte sich ihm

langsam. Öchsle eilte voraus. Rottmann wollte ihn schon zurückhalten, aber der Mann winkte ab. „Lasse se ihn doch. Ich mach Hünd. Des spürt er bestimmt.“ Er beugte sich herab und streichelte dem Rüden über den Rücken, was der mit einem freundlichen Schwanzwedeln erwiderte. „Hocke Se sich doch her. Bei der Hitz heut kann mers doch nur im Schatte aushalt.“

Da musste Rottmann ihm Recht geben. Die Sonne meinte es heute mit dem Frankenland besonders gut. Er ließ sich dem Mann gegenüber auf einer Bank nieder. Öchsle machte es sich im Schatten unter dem Tisch bequem.

„Suche se jemand?“, fragte der Mann und machte mit dem Kopf eine Bewegung in Richtung Haus.

„A Bekannter hat mer gsacht, dass hier im Haus a gewisser März gstorbe is und sei Wohnung frei wird.“ Rottmann war unwillkürlich auch in Dialekt verfallen.

„Des stimmt“, erwiderte der Zeitungsleser. „Awwer wenn Se sich für die Wohnung interessiere, müsse se sich an die Wohnungsgenossenschaft Frauenland wend. Des sinn die Vermieter.“

„Mei Bekannter hat gsacht, dass der Mann von ennere Schlange gebisse worrn ist. Des kann awwer doch nur Blödsinn sei, oder?“

„Nä, nä, des stimmt scho. Da war bei uns im Haus ganz schö was los. Der war scho a paar Tach lang tot in seinere Wohnung geläche. Des hat vielleicht gstunke, kann ich Ihne sach. Kenner von uns im Haus hat gewusst, dass der Mann drei Giftschlange in seinere Wohnung ghalte hat. Wenn mer des gewusst hätte, hätt doch ke Mensch mehr ruhich gschlafe.“

„Des gibt’s nit!“, zeigte sich Rottmann entsetzt. „Drei Giftschlange.“

„Ja, ens von denne Viecher hat dann a gebisse un dann war Schluss. Ke schönner Tod, hab ich mir sach lass.“ Er nahm einen Schluck von seinem Bier. „Dabei war der März a ganz ruicher Mieter. Owe uff der Festung hatter gschafft. Ich gläbb als Hausmeister. Was will denn a Hausmeister mit Giftschlange! Sache se mer des?“

„Wahrscheinlich hat er halt enn Fehler gemacht. Ich meen beim Füttern oder so. Un schwupps, scho hat senn ghabt.“

„Ja, ja. Wissese, ich wohn unne im Parterre und hock im Sommer oft da herause und läs mei Zeitung. Zwä Tach bevor die den März gfunne ham, war ich a herause gsässe. Da is der März abends mit em Mann hemmkomme. Die zwä hamm sich so intensiv mitenanner unterhalte, dass se mich gar nit gsähe ham. Fast hät mer meen könn, dass se gstritte ham. Sie sinn dann ins Haus gange. Nach ennere Dreivietelstund, ich wollt grad zsammpack und neigeh, is der zwätte Typ wieder rauskomme. Er hat's sehr eilich ghabt. Er hat sich dann in sein dicke Mercedes ghockt un is abgedüst.“

Bei Rottmann hatten sich alle Antennen aufgestellt. „So, gstritte ham se. Ham se des a der Polizei erzählt?“

Der Mann drehte sich heftig zu Rottmann um. „Nä! Mich hat a kenner gfracht. Wissese bei so was kann mer sich nur Scherereie einhandel. Des geht mich nix an! Da hält mer besser sei Mundwerk.“

„Hat ja a vielleicht gar nix zu saache. War wahrscheinlich nur a Bekannter.“

Der Zeitungsleser schüttelte den Kopf. „Den Typ hab ich da noch nie gsähe. War a weng gschniegelt, mit Anzuch un Krawatte un mit so em hochgezwirbelte Schnurrbart.“ Er bedeutete mit beiden Händen beiderseits seiner Oberlippe eine entsprechende zwirbelnde Bewegung.

Erich Rottmann hatte das Gefühl, dass damit die Auskunftsfreude seines Gegenübers weitgehend erschöpft war. Nachbohren wollte er nicht, damit der Mann nicht misstrauisch wurde. „Na ja, manchmal passiern scho die komischsten Sachen“, sagte er abschließend und erhob sich langsam. „Vielen Dank für die Auskunft. Ich werd mal mit dieser Wohnungsgenossenschaft telefonieren. Vielleicht wärrn mer noch Nachbarn.“ Er lächelte dem Mann zu.

„Nix dageche. Ich mach Hünd. Mit Schlange hab ich allerdings nix am Hut.“ Er vertiefte sich wieder in seine Zeitung.

Der Exkommissar hatte genug gehört. Er konnte gar nicht verstehen, warum Deichler nicht die Bewohner des Hauses befragt hatte. Das gehörte doch zum kleinen Einmaleins in diesem Job. Sein nächster Schritt bestand nun darin, den beschriebenen Besucher ausfindig zu machen. Der Schoppenfetzer hatte auch schon einen Verdacht. Im Gehen zog er sein Handy heraus und wählte die Nummer von Gottfried Meyer. Wie er über das Mailboxsystem erfuhr, war der Obduktionsassistent zurzeit nicht erreichbar.

Von der Liegnitzer Straße zum Main waren es nur ein paar Gehminuten. Rottmann folgte einer Querstraße, dann stand er am Mainkai. Es gab dort eine Treppe, die direkt zum Mainufer führte. Öchsle war begeistert und nutzte die Chance, sich im Main abzukühlen. Anschließend rannte er fröhlich bellend kreuz und quer über die Uferwiese, um sich wieder zu trocknen.

Eine Stunde später versuchte es Rottmann noch einmal. Diesmal war Meyer erreichbar. Eine Minute später wusste Erich Rottmann, dass Dr. Cinturafresa Schnurrbartträger war und am Pleicherkirchplatz sein Institut hatte. Ein Blick auf die Armbanduhr sagte ihm, dass er sich dort zumindest schon mal umsehen konnte. Anschließend wäre es von dort nur ein Katzensprung zum Stammtisch. Rottmann stieß einen Pfiff aus und marschierte los. Öchsle spurtete hinter ihm her. Am Alten Kranen überquerten sie die Juliuspromenade und schwenkten in die Pleich ein. Da dieses alte Stadtviertel weitgehend eine verkehrsberuhigte Zone war, konnte Öchsle auch hier gefahrlos immer ein Stück vorauslaufen.

Als der Exkommissar den Kirchplatz von St. Gertraud erreichte, war er ziemlich geschafft. Am Nachmittag hatte sich die Hitze des Tages in eine für Würzburg typische Schwüle verwandelt. Erich Rottmann ließ sich auf einer der Bänke nieder und schöpfte Atem. Das Schild mit der Aufschrift „Pathologisches Institut Dr. Salvatore Cinturafresa" befand sich neben dem Eingang des gegenüberliegenden Hauses. So wie es aussah, erstreckte sich das Institut über den gesamten ersten Stock. Bei dieser Größe des Unternehmens hatte Cinturafresa sicher auch Mitarbeiter. Vor dem Haus befand sich ein eigens eingezeichneter Parkplatz, auf dem ein dunkelblauer Mercedes der gehobenen Preisklasse stand. Cinturafresa schien also da zu sein. Rottmann fragte sich, ob der Pathologe hier auch wohnte. Von Meyer hatte er jedenfalls nur diese Adresse erhalten. Der Exkommissar überlegte, was er als Nächstes tun sollte. Manchmal war es am besten, den Stier direkt bei den Hörnern zu packen. Es war später Nachmittag. Wahrscheinlich war niemand mehr da. Vielleicht hatte er Glück und traf Cinturafresa allein an. Erich Rottmann erhob sich. Er überquerte den Kirchplatz und drückte auf die Klingel.

„Ja, bitte?", meldete sich eine hohe Frauenstimme.

Rottmann war überrascht. Offenbar war doch noch jemand vom Personal im Institut. „Ja, Grüß Gott, mein Name ist Rottmann. Ich hätte gern mit Herrn Dr. Cinturafresa gesprochen."

„In welcher Angelegenheit?"

„Das möchte ich dem Herrn Doktor gern persönlich sagen."

„Tut mir leid, Herr Dr. Cinturafresa ist nicht mehr im Haus.

Unsere Sprechzeiten entnehmen Sie bitte dem Schild neben der Eingangstür."

Rottmann warf einen Blick auf den Mercedes. Die Tatsache, dass der Wagen hier geparkt war, musste ja nicht zwingend bedeuten, dass der Mann auch tatsächlich im Haus war. Der Exkommissar wandte sich ab. „Öchsle, aufgeschoben ist nicht aufgehoben. Morgen ist ja auch noch ein Tag. Jetzt gehen wir uns erst mal stärken. Bei den vielen Kilometern, die wir heute gelaufen sind, haben wir uns das redlich verdient."

Er zündete sich seine Pfeife an und marschierte in Richtung Juliuspromenade. Er bemerkte nicht das Augenpaar, das ihn aus dem ersten Stock des Pathologischen Instituts beobachtete. Kaum war Rottmann außer Sicht, öffnete sich die Tür des Hauses und ein schlanker Mann mit Schnurrbart nahm die Verfolgung auf.

„Na, Erich, du wirkst heute aber ziemlich geschafft", stellte Xaver Marschmann fest, nachdem sich Rottmann auf seinem Stammplatz niedergelassen hatte. Er spielte auf Rottmanns verschwitztes Gesicht an.

„Heute ist aber auch eine Bullenhitze", ächzte der Schoppenfetzer und warf Anni, der Bedienung im Maulaffenbäck, einen sehnsüchtigen Blick zu. Sein kühler Schoppen war bereits in Arbeit. Für Öchsle brachte Anni eine Schale mit Wasser, die er dankbar ausschlabberte.

„Was hast du denn für einen Stress?", wollte Dr. Horst Ritter wissen. „Es ist Freitag und ein sonniges Wochenende liegt vor uns. Ich habe es heute Nachmittag schon einmal eingeläutet, indem ich es mir im Garten gemütlich gemacht und in meiner Hängematte eine Siesta gehalten habe."

Rottmann ging auf die Bemerkung nicht ein. Stattdessen stellte er eine Gegenfrage: „Hattest du während deiner aktiven

Zeit mal mit einem Pathologen namens Dr. Salvatore Cinturafresa zu tun?“

Der ehemalige Leiter der Würzburger Staatsanwaltschaft überlegte einen Augenblick, dann erwiderte er: „Nein, tut mir leid, der Mann ist mir nicht bekannt.“ Plötzlich lächelte er.

„Was ist jetzt so lustig?“ Rottmann sah ihn fragend an.

„Cinturafresa hast du gesagt?”

Rottmann nickte.

„Weißt du, was Cinturafresa grob übersetzt bedeutet?“

„Mein Gott, Horst, jetzt mach es doch nicht so spannend! Mein Italienisch beschränkt sich auf ‚Cappuccino‘ und ‚Espresso‘.“

„Nun, ich spreche fließend Italienisch. Wie du weißt, verbringe ich häufig meinen Urlaub in Italien. Da ist es sehr praktisch, wenn man sich mit den Einheimischen in ihrer Sprache unterhalten kann.“

Rottmann verdrehte die Augen. „Wie schön für dich!“

„Ach so, ja klar. Also, Cinturafresa kann man in zwei Worte aufdröseln. ‚Cintura‘ bedeutet so viel wie ‚Riemen‘. ‚Fresa‘ kann man mit ‚Schneider‘ übersetzen. Zusammengesetzt …“

„Riemenschneider“, stieß Erich Rottmann hervor.

„Du sagst es“, bestätigte Horst Ritter. „Ist das nicht lustig? Was es für merkwürdige Zufälle gibt!“

Erich Rottmann nickte schwach. Er konnte dem absolut nichts Lustiges abgewinnen. Außerdem war er sicher, dass er es hier gewiss nicht mit einem Zufall zu tun hatte. Rottmann musste unbedingt Ewald von Thüngen verständigen. Er und seine Familie waren in großer Gefahr! Da fiel ihm ein, dass er von dem Freiherrn keine Telefonnummer hatte. So ein Mist! Er musste es über Nabenschlager versuchen. Hoffentlich erreichte er ihn.

„Was hast du gesagt?", wollte Marschmann wissen, der Rottmanns gemurmeltes Selbstgespräch nicht verstanden hatte.

„Ach, nichts", gab Rottmann knapp zurück. „Lass mich doch bitte mal aufstehen, mir ist gerade eingefallen, dass ich noch ein dringendes Telefonat führen muss."

Verwundert ließen ihn die Stammtischbrüder aufstehen. Eine derartige Hektik waren sie von Erich Rottmann nicht gewohnt.

Der Exkommissar sah auf eine Uhr. Kurz nach zwanzig Uhr. Während er die Nummer von Nabenschlager auf seinem Mobiltelefon wählte, ging er ein Stück die Maulhardgasse hinunter, damit die vor dem Maulaffenbäck stehende Rauchergruppe ihn nicht hören konnte. Öchsle, der ihm sofort gefolgt war, saß mit schief gelegtem Kopf neben Rottmann. Der Rüde spürte deutlich die Anspannung seines Menschen.

Nachdem er es bei Nabenschlager zweimal hatte läuten lassen, bis sich die Mailbox meldete, sprach er dem Stadtrat eine dringende Bitte um Rückruf auf. Dann rief er bei Deichler im Büro an. Wie erwartet, war der Kriminalhauptkommissar nicht mehr dort. Weder auf dem Anschluss zuhause noch auf seinem Handy bekam er ihn zu fassen. Auch Deichler bat er um einen Rückruf. Rottmann war ganz verzweifelt. Was konnte er noch tun? Da hatte er eine Idee. Er wählte die Nummer der Auskunft. „Ich benötige dringend die Telefonnummer von Ewald Freiherr von Thüngen im Markt Thüngen."

Die freundliche Dame bat ihn um etwas Geduld. Schließlich meldete sie sich wieder. „Tut mir leid, der Teilnehmer ist uns nicht bekannt."

„Das gibt es doch nicht!" Rottmann wurde ärgerlich. Hatte sich denn alles gegen ihn verschworen? „Die Familie von Thüngen wohnt auf einem Schloss in der Marktgemeinde Thüngen. Die haben doch mit Sicherheit Telefonanschluss."

„Das kann schon sein“, gab die Vermittlerin zurück. „Wenn Teilnehmer aber beispielsweise eine Geheimnummer haben oder im Verzeichnis nicht aufgenommen werden wollen, haben wir sie nicht in der Datenbank.“

Kommentarlos legte Rottmann auf. Er überlegte. Im Moment konnte er wirklich nichts mehr tun. Ohne auf die Handvoll Gäste zu achten, die an den Außentischen des Maulaffenbäck den Abend genossen, ging er in die Weinstube zurück. Seinen Schoppen würde er noch austrinken.

Als er sich eine halbe Stunde später von seinen Stammtischbrüdern verabschiedete, löste dieses Verhalten bei den Herren Verwunderung aus. Rottmann gab aber keine Erklärung ab. Vor der Weinstube blieb er stehen und zündete seine Bruyère an, dann sagte er zu Öchsle: „Komm, gehen wir heim.“ Gemächlichen Schritts ging er in Richtung Marienkapelle.

Dr. Salvatore Cinturafresa, der vor dem Maulaffenbäck auf Rottmann gewartet hatte, hatte das Gespräch Rottmanns mit der Telefonauskunft mitgehört. Er war bestürzt. Es musste dringend etwas geschehen, damit dieser Mann seine Pläne nicht durchkreuzte. Nachdem er nun wusste, dass der Mann nach Hause wollte, stand er auf und eilte zu seinem Institut zurück. Seine Zeche hatte er rein vorsorglich schon beim Servieren bezahlt.

Wie gut, dass er, gleich nachdem er in der Rechtsmedizin erfahren hatte, wem er die neuerliche Obduktion Seibolds zu verdanken hatte, über diesen Menschen Erkundigungen eingezogen hatte. Das war nicht sonderlich schwer gewesen, da es über diesen Erich Rottmann im Internet jede Menge zu lesen gab.

Nach gut zehn Minuten erreichte er sein Auto, warf sich hinter das Steuer und gab Gas. Rottmann würde sicher gut zwanzig Minuten benötigen, bis er vom Maulaffenbäck in die

Rosengasse kam. Während Cinturafresa am Mainkai entlangfuhr, spürte er, wie die starken Kopfschmerzen aus der Tiefe seines Gehirns auftauchten. Der Rächer kämpfte wieder um die Oberhand. Cinturafresa stellte sein Fahrzeug in einer Einfahrt ab und verließ den Wagen. Von der Ecke des Hauses aus konnte er die gesamte Rosengasse einsehen. Nur wenn er den Überraschungsmoment nutzte, würde er den ehemaligen Kriminalbeamten überlisten können, das war ihm klar. Und da war ja auch noch der Hund. Aber darin sah er kein Problem.

Es dauerte noch gut zehn Minuten, bis Rottmann von der Sanderstraße aus die Rosengasse hinunterlief. Der Hund war ein ganzes Stück zurückgeblieben und schnüffelte an irgendetwas herum.

Der Rächer trat aus dem Hausschatten hervor und steuerte auf Rottmann zu. Dieser sah sich in diesem Moment nach seinem Hund um. Als der Rächer schon auf Rottmanns Höhe war, drehte der sich wieder um und meinte erstaunt: „Herr Dr. Cinturafresa …"

„Da irren Sie sich", erwiderte der Rächer knapp. Seine Handbewegung war so schnell, dass sein Gegenüber keine Chance hatte, eine Abwehrbewegung zu machen. Wie vom Blitz getroffen brach Rottmann unter dem Elektroschock zusammen und war bewegungsunfähig. Da war Öchsle aber schon da. Wie eine Furie stürzte sich der Rüde böse knurrend auf den Angreifer. Doch der Rächer war auf der Hut. Mitten im Angriff bekam auch Öchsle einen Elektroschock ab. Der Rüde überschlug sich in der Luft und blieb regungslos auf der Seite liegen. Schnell zog der Rächer eine aufgezogene Spritze aus der Jackentasche, entfernte den Schutz von der Kanüle und trieb die Nadel in Rottmanns Nacken. Das Betäubungsmittel würde schnell wirken.

Der Rächer sah nach allen Seiten, doch die Straße lag verlassen. Die ganze Aktion hatte kaum zwei Minuten in Anspruch genommen. Er brachte Rottmann in eine sitzende Position, um ihn dann mit einem gekonnten Rautekgriff rückwärts zu seinem Auto zu schleifen. Mit Hilfe dieses Griffes war es kein Problem, auch schwere Personen zu transportieren. Und Rottmann war eindeutig ein Schwergewicht. Der Rächer öffnete die Beifahrertür und wuchtete Rottmann keuchend auf den Sitz. Während er sich hinter das Steuer setzte, warf er dem Hund einen Blick zu. Der Bursche lag noch immer auf der Straße. Wahrscheinlich war der Elektroschock für seine Größe zu stark gewesen. Der Rächer verspürte so etwas wie Bedauern. Er mochte Tiere und fügte ihnen nur ungern Leid zu. Dann fuhr er mit quietschenden Reifen in Richtung Main davon.

❖

Elvira Stark nutzte die kühleren Abendstunden, um ihre Wohnung einmal gründlich durchzulüften. Hier im obersten Stockwerk des Wohnhauses, wo ihre Eigentumswohnung lag, spürte man auch an heißen Tagen um diese Zeit eine erfrischende Brise. Als sie sich gerade auf das Fensterbrett lehnen wollte, um den erfrischenden Luftzug zu genießen, erstarrte sie vor Schreck. Unten auf der Straße schleppte ein Mann einen anderen rückwärts zu einem geparkten Auto. Und mitten auf der Straße lag ein dunkles Bündel. Leblos! Sie kniff die Augen zusammen. Das war doch ein Hund! War das etwa Öchsle? Sie wollte laut um Hilfe schreien, aber der Schock verschlug ihr die Sprache. Sie musste etwas tun! Wenn der bewegungslose Hund Öchsle war, dann konnte der Mann, der gerade verschleppt wurde, nur Erich Rottmann sein! Geschah da vor ihrer Haustür gerade ein Verbrechen? Oder war es Erich schlecht geworden und der Fremde wollte ihm nur helfen? Das war Unsinn, warum lag dann Öchsle regungslos auf dem Asphalt? Als sie gerade zum Telefon stürzen wollte, um die Polizei anzurufen, startete der Motor des Wagens. Geistesgegenwärtig lehnte sich Elvira aus dem Fenster, um die Autonummer erkennen zu können. Sie konnte gerade noch sehen, dass es sich um ein Würzburger Kennzeichen handelte, und die beiden letzten Ziffern erkennen, dann war der Wagen außer Sichtweite.

Öchsle! Sie musste sich zunächst einmal um Öchsle kümmern. Im Pyjama schnappte sie sich ihren Schlüsselbund und eilte die Treppe hinunter. Hastig lief sie zu dem Hund, der noch immer regungslos auf der Seite lag.

„Mein Gott!“, klagte sie. Es war tatsächlich Öchsle. Sie kniete neben ihm nieder und streichelte ihm sanft über den Kopf. Der Rüde zeigte keine Reaktion. Mein Gott, lass ihn nicht tot sein, dachte sie und beugte sich zu ihm herab, um mit dem Ohr an seinem Brustkorb zu lauschen. Da, ja, da war ein leichtes Klopfen. Ihr fiel ein ganzes Gebirge vom Herzen. Sie stand auf. Plötzlich blieb ihr Blick an einem kleinen Gegenstand hängen, der nur wenige Meter entfernt auf der Straße lag. Sie bückte sich. Es war Erich Rottmanns Bruyère! Wenn es noch Zweifel gegeben hatte, dann waren sie spätestens jetzt ausgeräumt. Dicht daneben lag etwas Schwarzes, Glänzendes. Rottmanns Mobiltelefon! Elvira steckte beide Gegenstände ein, dann beugte sie sich herab und hob Öchsle auf. Sein Kopf baumelte haltlos nach unten. Hastig stieg sie die Treppe zu ihrer Wohnung empor. Der Schweiß stand ihr auf der Stirn, als sie ins Wohnzimmer trat und den Rüden auf eine Hundedecke platzierte, die immer für etwaige Besuche dort bereitlag.

Im Augenblick konnte sie für Öchsle nichts tun. Sie musste sich jetzt schnellstens um die Entführung Rottmanns kümmern. Denn dass es sich bei dieser Aktion vor ihrem Haus um eine solche handelte, daran zweifelte sie keine Sekunde. Sie griff zum Telefonhörer. Nach kurzem Überlegen wählte sie die Einsatzzentrale, weil sie davon ausging, dass Florian Deichler, den sie eigentlich erreichen wollte, nicht mehr im Büro war.

Der Beamte in der Einsatzzentrale der Polizei musste erst einmal versuchen, die sehr erregte Anruferin zu beruhigen, die einen wahren Wortschwall über ihn ergoss. „Langsam, langsam, Frau … wie war Ihr Name?"

Sich mühsam beherrschend beantwortete Elvira zunächst ein paar Fragen des Beamten, ehe er sie endlich aufforderte, ihm mitzuteilen, weswegen sie anrief. Sie erklärte ihm, dass sie dringend mit Kriminalhauptkommissar Florian Deichler sprechen müsse, weil dessen ehemaliger Chef soeben vor ihrem Haus entführt worden sei. „Ich habe zwar die Dienstnummer von Herrn Deichler, aber um diese Zeit ist er natürlich nicht mehr in seinem Büro."

Der Mann überlegte kurz. „Frau Stark, ich werde zunächst einmal den Kriminaldauerdienst verständigen. Da wird jemand bei Ihnen vorbeikommen. Parallel werde ich versuchen, Herrn Deichler eine Nachricht zu hinterlassen."

Elvira Stark bedankte sich und legte auf. Ihr Herz klopfte vor Aufregung bis zum Hals. Sie zog sich schnell wieder an, dann kniete sie sich zu Öchsle auf den Boden und streichelte ihm über den Kopf. Als sie ihm über die Augen fuhr, bemerkte sie ein Zucken der Lider. Plötzlich begannen sich auch seine Hinterläufe zu bewegen. Sie machten wilde Ausschläge nach hinten, so als würde sich der Rüde im vollen Galopp befinden. Gleichzeitig kam aus seinem Maul ein lautes, langgezogenes Heulen. Dann hob er langsam den Kopf und sah Elvira verwirrt und gequält an. Dieser Blick schnitt ihr ins Herz.

Elvira Stark setzte sich auf den Boden und hob den Rüden

langsam auf ihren Schoß. Sie barg seinen Kopf auf ihrem Arm und murmelte ihm beruhigende Worte ins Ohr. Von Minute zu Minute ging es Öchsle nun besser. Nach einiger Zeit versuchte er sich zu erheben, bis er schließlich etwas wackelig auf den Beinen stand. Elvira ging in die Küche und füllte ihm eine Schale mit Wasser. Öchsle trank einige Schlucke, dann setzte er sich nieder. Sein Blick glitt durch das Zimmer. Offenbar suchte er nach Erich Rottmann.

„Deinem Herrchen ist etwas zugestoßen", sagte Elvira mit sanfter Stimme, „aber es wird bestimmt wieder alles gut." Auch wenn er den Sinn ihrer Worte nicht verstand, quittierte der Rüde ihre freundliche Stimme mit einem schwachen Schwanzwedeln.

In diesem Augenblick ertönte die Klingel. Elvira eilte zur Sprechanlage. „Ja, bitte?"

„Hier Jakobi, Kriminalpolizei", kam es aus dem Lautsprecher. „Würden Sie uns bitte reinlassen?"

Elvira Stark betätigte den Türöffner.

In der Nacht zum Samstag

Als Erich Rottmann langsam zu sich kam, wusste er nicht, wo er sich befand. Um ihn herum war Finsternis. In seinem Kopf herrschte eine merkwürdige Leere. Plötzlich verspürte er einen unangenehmen Schmerz in der Nackenmuskulatur, so als hätte er einen heftigen Muskelkater. Vorsichtig machte er leichte Bewegungen mit dem Kopf. Als er nach oben greifen wollte, bemerkte er, dass er seine Hände nicht bewegen konnte. Jetzt registrierte er, dass er auf einem Stuhl saß und an diesem festgebunden war. Ganz langsam kehrte die Erinnerung zurück. Da war die dunkle Rosengasse und dann ein Mann mit Schnurrbart. Cinturafresa, der Pathologe, dessen übersetzter Name Riemenschneider bedeutete. Dieser hatte ihn außer Gefecht gesetzt, von da an hatte Rottmann keine Erinnerung an die Vorgänge mehr.

Aus der Finsternis des Raumes kam ein leises Piepsen. Der Exkommissar versuchte die Dunkelheit mit seinen Augen zu durchdringen. Einige Meter von ihm entfernt leuchtete ein winziges grünes Licht. Aus dieser Richtung kam auch das Piepsen. Es musste sich um ein elektrisches Gerät handeln. Rottmann riss an seinen Fesseln. Offenbar war er mit einem Kunststoffband festgebunden. Seine Bemühungen waren vergebens.

Plötzlich gab es ein knackendes Geräusch und an der Zimmerdecke sprangen mehrere Neonröhren an. Geblendet schloss der Exkommissar die Augen. Kurz darauf öffnete er die Lider zu schmalen Schlitzen. Was er als Erstes mit Betroffenheit zur Kenntnis nahm, war ein Edelstahltisch mitten in dem gekachelten Raum, auf dem eine Frau mit Gurten festgebunden war. Sie lag dort völlig regungslos, ihre Augen waren geschlossen. Wegen ihrer ungepflegten Haare und der leichenblassen Gesichtsfarbe erkannte er die vermisste Polizeipräsidentin erst auf den zweiten Blick. Erich Rottmann war geschockt. Dies war die Bestätigung seines bisher nur vagen Verdachts, dass mit diesem Dr. Cinturafresa etwas nicht stimmte. Ewald von Thüngen hatte ihm am Ende des Gesprächs in Nabenschlagers Büro anvertraut, dass Lioba Matjes ebenso wie der getötete Theo Seibold eine Geborene von Thüngen war. Rottmanns Blick fiel auf den Tropfapparat, dessen gleichmäßiges Piepsen er vorhin gehört hatte. Von einem Infusionsbeutel führte ein Schlauch zu einem Katheter im Handrücken der Frau. Offenbar wurde sie mittels eines Medikaments in einem künstlichen Schlaf gehalten.

In diesem Augenblick wurde die Tür aufgeschlossen und sein Entführer trat ein. Cinturafresa trug einen weißen Arztkittel und um seinen Hals lag ein Stethoskop. Er trat näher.

„Es tut mir leid, Herr Rottmann, dass ich Sie in diese unangenehme Lage bringen musste. Aber Sie haben ihre Nase etwas zu tief in Angelegenheiten gesteckt, die nicht die ihren sind. Jetzt muss ich Sie leider ausschalten, damit Sie mir nicht in die Quere kommen. Er warf einen prüfenden Blick auf Rottmanns Fesseln, dann stellte er mit einem Seitenblick auf die gefangene Frau fest: „Als ehemaliger Leiter der Mordkommission haben Sie ja sicher Ihre Polizeipräsidentin erkannt. Sie befindet sich im Augenblick in einem künstlichen Tiefschlaf. Es geht ihr den Umständen entsprechend gut. Sie soll fit sein, wenn das große Finale beginnt."

Rottmann hatte den starren Blick des Mannes gesehen, der sich nun über Lioba Matjes beugte und mit dem Stethoskop ihre Herztöne abhörte. Zufrieden nickte er.

„Herr Dr. Cinturafresa, können Sie mir sagen, was das alles soll? Wie kommen Sie auf die Idee, Menschen in eine derartige Lage zu versetzen?" Erich Rottmann wählte bewusst einen aggressiven Ton. Er wollte wissen, woran er bei dem Mann war.

„Sie haben mir gar nichts zu sagen!" Übergangslos wurde dieser wütend. „Diesen Salvatore Cinturafresa, diesen Schwächling, den gibt es nicht mehr! Vor Ihnen steht der Rächer Tilman Riemenschneiders, des größten Genies, das diese Stadt jemals hervorgebracht hat! Ein Künstler, den Fürstenwillkür zerstört hat. Dieses Unrecht muss gerächt werden! Diese von Thüngen müssen von der Erde getilgt werden!"

Er hatte sich mit glühenden Augen hoch aufgerichtet und sein drohend erhobener Finger deutete auf Lioba Matjes.

Wortlos hatte sich Rottmann den Ausbruch angehört. Für ihn war klar, dass dieser Mann geisteskrank war, was ihn jedoch noch gefährlicher machte. So wie er von sich selbst in der dritten Person sprach, war dies ein starker Hinweis auf das Vorliegen einer multiplen Persönlichkeit. Offenbar war die momentan dominierende Persönlichkeit des Rächers der Meinung, dass er diesen Fluch Tilman Riemenschneiders, von dem Ewald von Thüngen gesprochen hatte, erfüllen musste.

„Wie kommt es, dass ausgerechnet Sie der auserwählte Rächer sind?", fragte Rottmann provokativ.

„Tilman Riemenschneider war viermal verheiratet und hatte aus diesen Ehen zahlreiche Kinder. Nachdem er verstorben war, verstreuten sich seine Nachkommen in alle Himmelsrichtungen. Meine Vorfahren verschlug es nach Italien. Sie wurden dort sesshaft und gaben sich den Namen Cinturafresa. Die eigentliche Legitimation für meinen Zweig der Familie Riemenschneider, als Rächer der Untat an unserem berühmten Vorfahren tätig zu werden, ergibt sich aus der Tatsache, dass wir das Testament Tilman Riemenschneiders über Jahrhunderte von einer Generation an die nächste weitergeben haben. Es ist eine Schande, dass sich bisher keiner aus der Familie der Cinturafresas gefunden hat, die Rache zu vollziehen. Ich werde es tun!" Seine Augen brannten in einem irren Glanz.

„Was haben Sie jetzt vor?" Rottmann würde ihn weiterhin wie einen normalen Menschen behandeln. Die Wahnvorstellungen, denen der Mann unterlag, waren für ihn seine momentane Realität. Es würde keinen Sinn machen, ihn auf die Krankhaftigkeit seiner Gedanken anzusprechen.

„Der Stammsitz dieses Geschlechts und aller Familienmitglieder derer von Thüngen, die mit Polizei und Justiz zu tun haben, müssen ausradiert werden. Sie sind Nachfolger dieses verfluchten Bischofs, der meinen Urahn so hat foltern lassen, dass er zerbrochen ist."

„Wie wollen Sie das anstellen?"

Der Rächer, wie er sich selbst bezeichnete, sah Rottmann hochmütig an. „Der Meister hat ein Vermächtnis in Form eines letzten Kunstwerks hinterlassen. Die Rache wird im Namen Satans durch die Schlange erfolgen. Diese Menschen werden leiden, wie der Meister gelitten hat. Sie werden den Untergang in sich fühlen, ohne etwas dagegen unternehmen zu können!"

Jetzt war Rottmann klar, warum Seibold ausgerechnet durch eine Boomslang gestorben war: Der Leidensweg war länger. Dieser Mensch war wirklich vollkommen irre.

„Eine Frage noch", fuhr Rottmann fort, um ihn in ein Gespräch zu verwickeln, „Was hatte dieser Robert März mit der ganzen Sache zu tun? Ich dachte eigentlich, dass er der Täter sei."

„Ha, diese primitive Kreatur wäre niemals in der Lage, dieses große Werk zu vollenden. Er war lediglich mein Handlanger. Ein nützlicher Mensch, der mir den Vollstrecker besorgen und der aufgrund seiner Hausmeisterstelle an Tilman Riemenschneiders Grabstein kommen konnte, in dem das letzte Vermächtnis des Meisters verborgen war. Es war eine schwere Entscheidung für mich, das letzte Werk des Meisters bei diesem Menschen zu verstecken. Es war aber notwendig, um den Verdacht auf ihn zu lenken."

„Sie wurden gesehen, wie Sie mit ihm in seine Wohnung gegangen sind. Kurz darauf wurde er tot aufgefunden. Eine seiner Schlangen hatte ihn gebissen."

Der Rächer grinste böse. „Jaja, diese Giftschlangen sind manchmal unberechenbar."

Rottmann wollte noch etwas sagen, aber der Pathologe hob die Hand. „Genug geschwätzt! Sie, Herr Rottmann, haben das Privileg, Zeuge zu sein. Sie werden dann mit der Gewissheit sterben, dass sich Tilman Riemenschneiders Fluch erfüllt hat und der Meister gerächt wurde."

Er ging auf Rottmann zu und zog eine aufgezogene Spritze aus der Manteltasche. „Sie werden gleich wieder schlafen."

Rottmann zuckte zurück.

„Wehren Sie sich nicht, das hat keinen Sinn. Es besteht nur die Gefahr, dass ich Sie verletze."

Der Stich der Nadel war kaum zu spüren. Die Müdigkeit kam schnell und der Schlaf löschte die Gegenwart. Rottmanns letzte Wahrnehmung war das Erlöschen der Deckenleuchten.

❖

Die Kriminalpolizei löste in der Nacht die Fahndung nach Erich Rottmann aus. Mit Hilfe der Angaben von Elvira zu Farbe und Kennzeichen des Fahrzeugs wurde innerhalb kürzester Zeit ein Dr. Salvatore Cinturafresa als Halter ermittelt. Deichler, dem der Name mehr sagte als seinen Kollegen vom Kriminaldauerdienst, drängte darauf, sofort den diensthabenden Richter zu informieren. Wenig später erhielten die Polizeibeamten per Fax einen richterlichen Durchsuchungsbeschluss für das Institut und die Privaträume des Pathologen. Aus taktischen Gründen wurde zuerst das Wohnhaus von Cinturafresa aufgesucht. Der Bungalow, der am Madrider Ring zwischen anderen Einfamilienhäusern stand, war unbeleuchtet, als die Kriminalbeamten, nunmehr unter Leitung Deichlers, mit mehreren Streifenfahrzeugen kurz vor zwei Uhr morgens dort eintrafen.

Da ihnen nach mehrmaligem Läuten und Klopfen nicht geöffnet wurde, ließ Deichler die Glastür, die zur Veranda auf der Rückseite des Gebäudes führte, aufbrechen. Sofort schwärmten die Polizisten aus und durchsuchten alle Räume. Dabei stießen sie im Wohnzimmer auf ein Terrarium. Der Glasbehälter war jedoch leer. Es sah ganz so aus, als wäre der Pathologe ebenfalls im Besitz einer Schlange. Bei Deichler schrillten alle Alarmglocken! Der nächste Fund war noch besorgniserregender: Im Keller des Hauses befand sich ein regelrechtes Labor. In der Mitte des gekachelten Raumes stand ein Tisch aus Edelstahl. Daneben ein Infusionsständer, an dem ein noch zu einem Viertel gefüllter Infusionsbeutel hing. Auf einem kleineren Tisch an der Wand lagen mehrere gebrauchte Einwegspritzen, eine ganze Anzahl breiter Ledergurte und eine Rolle graues Plastikklebeband. An der gegenüberliegenden Wand stand ein Stuhl, an dessen Beinen Reste des Klebebands zu erkennen waren.

„Männer, stopp!“, befahl Deichler und hielt seine Kollegen zurück, damit sie keine Spuren vernichteten. „Das hier ist meines Erachtens ein Tatort und damit ein Fall für die Spurensicherung.“ Er griff zum Telefon und forderte die entsprechenden Fachleute an. Nachdem das ganze Haus durchsucht und Rottmann nicht gefunden worden war, befahl er einer Streifenwagenbesatzung auszuharren und auf die Spurensicherung zu warten. Die restlichen Einsatzkräfte stiegen in die Fahrzeuge und fuhren unter Sirenengeheul durch die nächtliche Stadt zu Cinturafresas Institut. Deichler saß mit verkniffener Miene im Wagen und sprach mit der Einsatzzentrale, die er aufforderte, schnellstens jemanden ausfindig zu machen, der einen Schlüssel zum Institut besaß. Danach starrte er grimmig zum Fenster hinaus. Er hatte ein ausgesprochen ungutes Gefühl. Außerdem tappte er völlig im Dunkeln, was die Zusammenhänge betraf. Welchen Grund sollte der Pathologe haben, Erich Rottmann zu entführen? Der Kriminalhauptkommissar hatte den starken Verdacht, dass sein ehemaliger Chef wieder einmal seine Nase in Dinge gesteckt hatte, die eigentlich Sache der Polizei waren.

Eine Viertelstunde später brachte eine Polizeistreife eine sehr erboste und völlig derangierte Laborleiterin auf den Kirchplatz vor das Institut. Deichler erklärte ihr in wenigen Sätzen, dass hier eine dringende Polizeiaktion durchzuführen sei, und forderte sie auf, die Tür zu öffnen, was die keineswegs eingeschüchterte Frau unter erheblichem Protest dann auch tat.

Aber auch die Durchsuchung der Institutsräume und des dazugehörenden Kellers brachte kein Ergebnis. Erich Rottmann blieb verschwunden. Deichler setzte sich ans Funkgerät und löste eine Fahndung nach Dr. Cinturafresa aus.

❖

Der Rächer betrachtete die beiden Menschen, die in den Ecken zusammengesunken auf dem Rücksitz seines Wagens saßen. Er hatte sie vorsorglich angeschnallt, so dass es von außen für einen flüchtigen Betrachter so aussah, als würden sie schlafen. Die Wirkung der Injektionen, die er beiden gegeben hatte, würde für einige Stunden anhalten. Insofern bestand keine Gefahr. Nachdem es notwendig geworden war, Rottmann zu entführen, musste er zwangsläufig schneller in die zweite Phase seines Rachefeldzuges gegen das Geschlecht derer von Thüngen eintreten. Ihm war klar, dass das Verschwinden von Erich Rottmann und das der Polizeipräsidentin massive Aktionen der Polizei nach sich ziehen würde. Sicher war auch, dass man sehr bald herausfinden würde, dass Theo Seibold ein von Thüngen war. Seine Zeit, das Werk zu vollenden, war also begrenzt.

Die B 27 in Richtung Retzbach war zu dieser Nachtstunde kaum befahren. Nach der Abbiegung Retzbach wählte er die Ausfahrt des Kreisverkehrs in Richtung Thüngen.

Die Schlossanlage des Adelgeschlechts derer von Thüngen war ein im Ortsbild des Marktes Thüngen dominierendes historisches Bauwerk. Ewald von Thüngen bewohnte mit seiner Familie das sogenannte Spitalschloss. Hierbei handelte es sich um das jüngere der beiden Schlossbauwerke. Als er seinen Rachefeldzug geplant hatte, hatte er sich intensiv mit dem Familiensitz derer von Thüngen beschäftigt. Dabei hatte er herausgefunden, dass Ewald von Thüngen im Spitalschloss mehrere Ferienwohnungen vermietete. Hier konnten Möchtegernschlossherren einmal auf Zeit erproben, wie es ist, auf einem Schloss zu leben. Schon seit Wochen hatte er unter dem Vorwand, in Ruhe eine umfangreiche wissenschaftliche Arbeit schreiben zu müssen, eine der Wohnungen längerfristig angemietet. Dies hatte ihm die Gelegenheit geboten, mit Genehmigung des Hausherrn die Schlossanlage zu ergründen und auch einen Einblick in die familieneigene Brauerei werfen zu können. Durch die Anmietung der Räumlichkeiten durfte er das Areal innerhalb der Schlossmauern betreten und dort sein Auto parken. Es würde sich also niemand wundern, wenn er jetzt um diese Zeit am Schloss ankam. Er hatte dem Gastgeber gesagt, dass er aufgrund seines Berufes in erster Linie an den Wochenenden und zu unterschiedlichen Zeiten anreisen würde. Seine Anwesenheit würde folglich kein Aufsehen erregen.

Der Rächer stellte seinen Wagen auf einem Parkplatz unter einer alten Buche ab, deren ausladendes Blätterdach einen Blick aus den Fenstern des Schlosses auf den Pkw unmöglich machte. Nachdem er sich nochmals versichert hatte, dass die beiden Schläfer auf dem Rücksitz auch für die nächste Zeit sicher ausgeschaltet waren, verließ er das Fahrzeug. Er schnallte den Rucksack, der seine Ausrüstung enthielt, auf den Rücken, dann näherte er sich dem Eingang zum Schloss und öffnete mit seinem Schlüssel. Kurz bevor er den Treppenaufgang betrat, schaltete er die Kopflampe mit dem Rotlicht ein.

Der Rächer ging nicht in seine angemietete Wohnung. Es gab für ihn keinen Grund, sie nochmals zu betreten. Die wenigen persönlichen Dinge, die er als Tarnung dort hingebracht hatte, hatte er schon vor Tagen wieder entfernt.

Der Zugang zu den Räumlichkeiten der Adelsfamilie, die in einem eigenen Flügel des Schlosses lagen, war durch eine massive Holztür vom übrigen Bereich getrennt. Gleich zu Beginn seines Aufenthalts hatte er sich das Türschloss angesehen und festgestellt, dass es für sein Vorhaben kein Hindernis darstellen würde.

Aus gelegentlichen Gesprächen mit dem Hausherrn wusste er, dass Ewald von Thüngens Schlafzimmer gleich in der Nähe der Wohnungstür lag. Der Rächer nahm seinen Rucksack von der Schulter, holte den Elektroschocker heraus und klemmte ihn sich an den Gürtel. Er vergewisserte sich, dass er die fertig aufgezogene Spritze mit dem Betäubungsmittel schnell aus der Jackentasche herausziehen konnte. Dann nahm er ein Gerät heraus, mit dem sich die Tür öffnen ließ. Er schulterte den Rucksack und machte sich am Schloss zu schaffen. Die ganze Aktion dauerte nur wenige Sekunden, dann drückte er die Tür auf.

Nachdem er einige Zeit gelauscht hatte, betrat er den Flur. Der rote Schein der Kopflampe fiel auf die Schlafzimmertür, hinter der er Ewald von Thüngen wähnte. Jetzt musste alles schnell gehen. Es durfte auf keinen Fall zu einem Kampf kommen, der die übrigen Familienmitglieder aufwecken konnte. Der Rächer lauschte kurz am Türblatt. Deutlich konnte er von innen leise Schnarchgeräusche vernehmen. Er drückte die Türklinke sachte nach unten und stand wie ein schwarzer Schatten in der Tür. Das Bett stand nur wenige Meter entfernt. Unter der Bettdecke zeichneten sich die Konturen einer Person ab. Der Rächer überwand die kurze Strecke mit schnellen Schritten und zog den Elektroschocker vom Gürtel. Die Bettdecke zurückzuziehen und den Taser einzusetzen war eine flüssige Bewegung. Der Schläfer gab ein leises Ächzen von sich, während er sich im Schock leicht aufbäumte. Ohne Zeitversäumnis zog der nächtliche Eindringling die Spritze heraus und drückte deren Inhalt dem geschockten Mann in die Nackenmuskulatur.

Ewald von Thüngen hatte die Augen weit aufgerissen und starrte entsetzt in das rote Licht, das für ihn wie das glühende Auge des Teufels aussehen mochte. Noch ein paar Sekunden, dann würde der Mann außer Gefecht gesetzt sein. Der Eindringling zog die Bettdecke zurück. Er rümpfte leicht die Nase. Der Freiherr trug ein Nachthemd. Nun ja, der Geschmack der Menschen war unterschiedlich.

Als die Wirkung des Mittels eintrat und der Freiherr von Thüngen bewusstlos war, zerrte der Rächer ihn in eine sitzende Position und warf ihn sich mit Schwung über die Schulter. Der Freiherr war rank und schlank und daher auf diesem Wege leicht zu transportieren. Geräuschlos verließ der Rächer den Wohnbereich und zog die Flurtür fast lautlos hinter sich zu. Bevor er das Schloss verließ, schaltete er die Kopflampe aus, dann beobachtete er einen Moment den Platz vor dem Gebäude. Wie erwartet, war niemand zu sehen. Schließlich gab er sich einen Ruck und eilte mit dem Mann auf der Schulter über den Platz zu seinem Auto. Heftig atmend öffnete er die Beifahrertür und lud den Bewusstlosen auf den Beifahrersitz. Mit wenigen Handgriffen zog er den Gurt über die Gestalt und schnallte sie an. Für einen Moment stützte er sich am Dach des Mercedes ab und atmete durch. Das war geschafft! Mit einem Blick auf die beiden Fahrgäste auf der Rückbank vergewisserte er sich, dass dort alles unverändert war. Er warf den Rucksack in den Kofferraum neben die Sporttasche, in der der Vollstrecker auf seinen Einsatz wartete, dann startete er den Motor und rollte langsam vom Schlossareal. Über die Weinbergshöhen nahm er Schleichwege über Retzstadt, Güntersleben und Rimpar, um schließlich bei Versbach wieder die Stadtgrenze von Würzburg zu passieren. Seine unfreiwilligen Fahrgäste saßen nach wie vor wie leblos im Fahrzeug.

Samstag

Florian Deichler kam trotz seines dienstfreien Tages gegen zehn Uhr ins Büro. Solange Erich Rottmann verschollen war, würde er sich auf jeden Fall an den Ermittlungen beteiligen. Obwohl er nicht sagen konnte, warum, wurde er das Gefühl nicht los, dass diese Ereignisse alle mit dem Tod von Theo Seibold zu tun hatten. Als er sich an seinen Schreibtisch setzte, lag dort schon die nächste Hiobsbotschaft in Form eines Faxes. Die Polizeiinspektion Karlstadt teilte mit, dass die Familie von Thüngen eine Vermisstenanzeige bezüglich des Familienoberhaupts Ewald von Thüngen gemacht hatte. Der Freiherr sei in der Nacht aus seinem Schlafzimmer verschwunden und im ganzen Schloss nicht aufzufinden gewesen.

Florian Deichler alarmierte sofort zwei Kollegen vom Kriminaldauerdienst. Wenig später waren die drei Beamten in einem zivilen Dienstwagen unter Missachtung der Höchstgeschwindigkeit auf dem Weg nach Thüngen.

❖

Als Erich Rottmann erwachte, war ihm entsetzlich kalt. Außerdem kam von oben extrem grelles Licht, weswegen er die Augen gleich wieder schloss. Ihm war schwindelig und er hatte Kopfschmerzen. Schritt für Schritt dehnte er seine Wahrnehmung auf die näheren Umstände seines derzeitigen Daseins aus. Er lag offenbar auf einem harten, kalten metallischen Untergrund. Als er sich bewegen wollte, stellte er fest, dass dies nicht möglich war. Schleichend kam die Erinnerung zurück. Er war immer noch gefesselt, folglich befand er sich nach wie vor in der Gewalt dieses verrückten Cinturafresa. Jetzt öffnete er die Augen ganz.

„Schön, dass Sie wieder unter uns sind", kam die Stimme von Cinturafresa von der Seite. „Sie sind der Erste."

Rottmann hob mühsam den Kopf. Cinturafresa stand mit weißem Arztkittel bekleidet an der Längsseite des Raumes an die Wand gelehnt und musterte ihn mit zusammengekniffenen Augen. Mit einem schnellen Blick erfasste Rottmann seine Umgebung. Er befand sich wiederum in einem gekachelten Raum, der sich allerdings von dem vorigen deutlich unterschied. Zum einen war da die Temperatur. Es war kalt wie in einer Kühlkammer. Ein eisiger Schauer lief über seinen ganzen Körper. Er lag auf einer Art Bahre. Seine Arme, Hände und Beine waren mit einem Band fixiert. Als er den Kopf ein wenig drehte, erkannte er zwei weitere Bahren. Sie standen auf Rollen. Auf der einen lag die Polizeipräsidentin, auf der anderen ein Mann in einem Nachthemd. Erst auf den zweiten Blick erkannte er, wer das war: Ewald von Thüngen! Der Schrecken fuhr ihm durch alle Glieder.

„Die beiden schlafen noch. Aber das wird nicht mehr lange anhalten." Cinturafresa stieß sich von der Wand ab, schlenderte zwischen den Bahren hindurch und blieb vor Rottmann stehen. „Wie Sie vielleicht bemerkt haben, haben wir einen kleinen Ortswechsel vorgenommen. Kommt Ihnen die Umgebung nicht bekannt vor?"

Rottmann fror fürchterlich. Er musste sich zusammenreißen, dass seine Zähne nicht gegeneinanderschlugen. Und dann dieser ekelerregende Geruch. Plötzlich traf es Rottmann wie ein Blitzschlag. Mein Gott, der Geruch! Diesen Geruch hatte er während seiner aktiven Zeit häufiger ertragen müssen, als ihm lieb gewesen war. Es war Formalin. Natürlich, das war die Lösung, die in der Rechtsmedizin zum Einsatz kam, um Organe zu konservieren. Wie konnte ihm das erst jetzt auffallen? Die Rollbahren, die Kälte und der Geruch! Er befand sich im Kühlraum des Instituts für Rechtsmedizin! Erschöpft und geschockt ließ er seinen Kopf auf die Bahre zurückfallen.

„Ich sehe, Sie haben die Örtlichkeit erkannt. Zugegeben, es ist etwas kühl hier, aber wie Sie wissen, ist die Kälte erforderlich, um die Körper der hier auf die Obduktion wartenden Toten möglichst frisch zu erhalten."

„Was soll das? Was haben Sie vor?", keuchte Rottmann. „Sie sind ja total wahnsinnig!" Der Exkommissar war kurz davor, seine Beherrschung zu verlieren.

„Wagen Sie es nicht, den Rächer zu beleidigen!", fuhr Cinturafresa ihn an. „Schätzen Sie sich glücklich, dass Sie bei dem historischen Moment dabei sein dürfen, wenn die Schmach von Tilman Riemenschneider abgewaschen wird!"

In diesem Augenblick war von einer der Bahren ein vernehmliches Stöhnen zu hören. Der selbsternannte Rächer wandte sich abrupt von Rottmann ab und ging nach hinten. Lioba Matjes gab erste Lebenszeichen von sich. Cinturafresa zog ein Stethoskop aus der Manteltasche und hörte ihre Herztöne ab. Er gab ein zufriedenes Brummen von sich.

Rottmann, der das mit gedrehtem Kopf verfolgt hatte, sah, dass seine beiden Leidensgenossen auf gleiche Weise gefesselt waren wie er.

„Was ist? Wo bin ich?", fragte die Polizeipräsidentin so leise, dass man es kaum verstehen konnte. „Mir ist so kalt."

In dem Augenblick rührte sich auch Ewald von Thüngen. Er musste die Kälte noch stärker empfinden, da er kaum bekleidet war. Er sagte aber nichts. Offensichtlich versuchte er sich zu orientieren.

Der Rächer trat einen Schritt zur Seite und musterte die drei Menschen, die ihm wehrlos ausgeliefert waren. Anscheinend wollte er warten, bis alle so weit bei Bewusstsein waren, dass sie seine weiteren Worte verstehen konnten.

„Lioba von Thüngen und Ewald von Thüngen, ihr stammt aus dem Geschlecht des Konrad von Thüngen, ehemals Fürstbischof zu Würzburg und Herzog von Franken, der Anfang des 16. Jahrhunderts mit der Zerstörung des einzigartigen Bildhauers Tilman Riemenschneider große Schuld auf sich geladen hat, die bisher noch nicht gesühnt wurde. Dies wird jetzt geschehen! Ich, Salvatore Riemenschneider, bin der Rächer, der den Fluch des Meisters, den er in seinen letzten Tagen über euer Geschlecht ausgesprochen hat, noch in dieser Nacht vollstrecken wird!"

„Was ist denn das für ein hanebüchener Unsinn?" Die Stimme von Ewald von Thüngen klang fest. „Wir alle schätzen Tilman Riemenschneider als großartigen Künstler. Im Übrigen stammt unsere Familie aus einem Seitenzweig derer von Thüngen. Konrad ist gar nicht unser direkter Vorfahr."

„Feigling, rede dich nicht heraus! Es gibt keine Gnade!" Der Rächer bückte sich und stellte die Sporttasche auf ein Regal. Mit einem Ruck öffnete er den Reißverschluss und holte einen Leinensack heraus. Vorsichtig öffnete Cinturafresa den Beutel. Als sich nichts tat, schüttelte er den Inhalt sachte auf den Regalboden. Erich Rottmann war seinen Bewegungen mit brennenden Augen gefolgt. Er hatte sich nicht getäuscht: In dem Beutel befand sich eine Schlange. Dem Exkommissar zog es die Kopfhaut zusammen. Verzweifelt überlegte er, was er tun konnte, um diesen Verrückten zu stoppen. Auch seine beiden Mitgefangenen hatten so weit wie möglich den Kopf gehoben und starrten entsetzt auf das Reptil. Das Tier schien jedoch apathisch. Es blieb bewegungslos auf dem kalten Regalboden liegen.

Auch der Rächer schien überrascht zu sein.

„Was ist los, mein Freund?“, murmelte er verwundert.

Rottmanns Herz tat einen kleinen Freudensprung. Anscheinend befand sich die Schlange schon einige Zeit hier im Kühlraum. Schlangen waren Wechselblüter, die bei den nur wenigen Grad über null, die hier im Kühlraum herrschten, in eine Art Starre verfielen.

Der Rächer stieß einige italienische Schimpfworte aus, dann nahm er die Boomslang dicht hinter dem Kopf und trug das Reptil zu Lioba von Thüngen. Langsam legte er sie der Länge nach auf ihren Körper. „Dein Körper wird ihr Wärme geben und sie wird schnell wieder aktiv werden.“

„Nehmen Sie das Tier weg!“, schrie die Polizeipräsidentin entsetzt und versuchte die Schlange durch ruckartige Bewegungen von sich zu schleudern.

„Lieg still!“, schrie der Rächer sie an, „sonst werde ich dich wieder betäuben.“

Die Aussicht, der Schlange betäubt ausgeliefert zu sein, veranlasste sie, ruhig liegenzubleiben. Mühsam unterdrückte sie das durch die Kälte bedingte Zittern.

„Können wir nicht vernünftig miteinander reden?“, kam die Stimme Ewalds von Thüngen aus der Ecke. „Sie hatten doch bereits die Genugtuung, meinen Vetter Theo von Thüngen zu töten. Ist das nicht genug?“

„Hör auf, um dein Leben zu winseln! Es wird dir nichts nützen“, fuhr Cinturafresa ihn an. „Der Vollstrecker wird seine Arbeit tun und in ein paar Stunden werde ich an euren Körpern eine vollkommene Autopsie durchführen. Ich bin gespannt, ob das Schlangengift in euren Körpern die gleiche toxische Wirkung hat wie bei eurem Vorgänger."

Nachdem die Schlange noch immer nicht wesentlich lebhafter war, packte sie der Rächer hinter dem Kopf und steckte sie in den Sack zurück. „Nicht traurig sein", gab er zynisch von sich. „Ich werde meinem Freund etwas Wärme gönnen, dann komme ich wieder."

Cinturafresa drehte sich um und ging zur Tür hinaus. Mit einem saugenden Geräusch schloss sie sich. Eine Sekunde später erlosch das Licht. Mit einem Zirpen sprang das Kühlaggregat an, um die eingedrungene warme Luft wieder zu kühlen.

„O mein Gott", stöhnte Lioba Matjes. „Dieser Mensch ist völlig wahnsinnig."

„Ich tippe auf eine multiple Persönlichkeit", sagte Erich Rottmann in die Finsternis hinein. „Übrigens, ich möchte mich vorstellen, mein Name ist Erich Rottmann."

„Hallo Lioba", kam es von der hinteren Bahre. „Hier Ewald. Es tut mir leid, dass wir uns unter diesen schrecklichen Umständen treffen müssen."

„Mein Gott, Ewald. Was machen wir hier? Wieso? Was sollte das Gerede von der Autopsie?"

„Vielleicht kann ich etwas zur Aufklärung beitragen", mischte sich Erich Rottmann in das Gespräch ein. „Dieser Dr. Cinturafresa bildet sich ein, der Rächer des Untergangs von Tilman Riemenschneider zu sein. Offenbar stammt er entfernt von ihm ab. Jedenfalls bedeutet sein Name übersetzt ‚Riemenschneider'."

Ewald nahm den Faden auf. „Du kennst doch diese Episode von dem angeblichen Fluch Riemenschneiders, den er vor seinem Tode über unser Geschlecht ausgesprochen hat. Diese

Geschichte, die seit Jahrhunderten in unserer Familie weitererzählt wird."

„Ich habe diese sogenannte Satansrebe, ein Relief einer sich um eine Rebe windenden Schlange, das die Polizei sichergestellt hat, gesehen. Für Cinturafresa ist dieses Kunstwerk, das möglicherweise tatsächlich von Tilman Riemenschneider stammt, die Verkörperung des Fluches", ergänzte Rottmann.

„Woher wissen Sie das alles?", fragte die Präsidentin.

„Von den Vorgängen erfuhr ich von Kollegen."

„Wenn es nur nicht so schrecklich kalt wäre", stöhnte Lioba Matjes, ohne auf Rottmanns Antwort einzugehen. Dabei hörte man ihre Zähne aufeinanderschlagen. „Ich kann meine Extremitäten kaum noch spüren."

„Sei froh, dass die Temperatur so niedrig ist, sonst hätte die Schlange dich wahrscheinlich gebissen", versuchte Ewald der Situation noch etwas Positives abzugewinnen. „Wir müssen versuchen, hier irgendwie herauszukommen. Dieser Mensch ist, wie du nach unseren Berichten sicher einschätzen kannst, zu allem fähig."

„Du meinst, er will uns …"

Als Ewald nicht antwortete, ergänzte Rottmann: „Ich vermute, er will uns von der Schlange beißen lassen, um dann anschließend eine Obduktion an uns durchzuführen."

„Sie meinen … bei lebendigem Leib?" Als die Männer keine Antwort gaben, fuhr sie nach einer längeren Pause fort: „Wie kann das sein, dass er sich hier im Institut so frei bewegen kann? Es gibt doch Mitarbeiter, Pathologen."

„Es ist Wochenende. Vor Montag wird niemand von den Beschäftigten hier auftauchen."

Die Stille, die nach Erich Rottmanns Erklärung eintrat, war beklemmend. Jeder der drei war mit seinen Ängsten beschäftigt. Die Kälte, die nur knapp über dem Nullpunkt lag, zog ihnen langsam, aber sicher alle Energie aus dem Körper. Dem ehemaligen Leiter der Würzburger Mordkommission war klar, dass sie früher oder später Erfrierungen bekommen würden.

Rottmann schloss die Augen und versuchte den Grundriss des Kühlraums vor sein geistiges Auge zu rufen. Dieser Raum hatte zwei Türen. Die eine führte in den Flur und zum Ausgang. Von dort aus kam man auch in die übrigen Räume des Instituts. Dorthin war Cinturafresa verschwunden. Die zweite Tür führte direkt in den Sektionssaal. Wenn es ihm gelang, diese Tür zu öffnen, würde die Kälte in den Sektionssaal abziehen und die Temperatur im Kühlraum deutlich über den Gefrierpunkt steigen. Damit wäre zumindest die nächstliegende Gefahr gebannt. Um dorthin zu kommen, musste Rottmann allerdings von der Bahre herunter. Zunächst versuchte er mit ruckartigen Körperbewegungen die Rollbahre zu bewegen. Sie rührte sich keinen Millimeter. Er musste also von der Bahre runter! Mühsam bewegte Rottmann seine gefesselten Beine so lange, bis sie seitlich über den Rand rutschten. Eigentlich hatte er sich aufsetzen wollen, doch er war durch die Kälte einfach zu unbeweglich. Mit einem Schlag stürzte er geräuschvoll auf den gefliesten Boden. Mühsam unterdrückte er einen Schmerzenslaut.

„Was ist?“, kam die verschreckte Stimme der Polizeipräsidentin aus der Dunkelheit.

„Alles in Ordnung“, ächzte Rottmann. „Ich habe mich von der Bahre fallen lassen. Ich will versuchen, die eine Tür zu öffnen, damit die Kälte abziehen kann. Sonst werden wir früher oder später erfrieren.“

Er hoffte, dass der laute Schlag, den sein Auftreffen auf dem Boden erzeugt hatte, draußen nicht zu hören gewesen war. Mühsam rollte er sich auf die Seite. Sein Ellbogen, den er sich aufgeschlagen hatte, schmerzte. Er versuchte es zu ignorieren. Er robbte seitlich in Richtung Tür. Die anstrengenden Bewegungen weckten seine Lebensgeister und ihm wurde etwas wärmer. Wenig später stieß er gegen die Wand. Mit seiner Stirn tastete er herum. Die Tür war links von ihm.

„Wie kommen Sie voran?", wollte Ewald von Thüngen wissen. „Kann ich Ihnen irgendwie helfen?"

„Danke, ich hab's gleich", ächzte Rottmann. Er überlegte. Die Türen im Institut hatten keine normalen Griffe. Es handelte sich um lange Hebel, die man um neunzig Grad zur Seite oder nach unten bewegen musste, um zu ent- oder verriegeln. Es war ein harter Kampf, bis sich Rottmann auf die Knie aufgerichtet hatte und mit dem Kopf den Riegel ertasten konnte. Vorsichtig versuchte der Exkommissar den Hebel zur Seite zu drücken. Er rührte sich kein bisschen. Da half nur Gewalt. Rottmann nahm den Oberkörper zurück und rammte dann mit seinem Schädel den Türgriff. Es bedurfte zweier schmerzhafter Kopfstöße, bis sich der Griff aus seiner Grundposition bewegte. Von da an ging es leichter. Als die Verriegelung in horizontaler Position einrastete, öffnete sich die Tür mit einem schmatzenden Geräusch nach außen und Erich Rottmann stürzte vornüber in den Sektionssaal. Erschöpft blieb er liegen. Deutlich spürte er ein warmes Rinnsal über seine linke Gesichtshälfte laufen. Er hatte sich offenbar eine Platzwunde zugezogen. Anscheinend war sein Schädel doch nicht so hart, wie er immer gedacht hatte. Was ihn aber für diesen Schmerz entschädigte, war ein warmer Luftzug, der über ihn hinwegströmte. Wahrscheinlich waren die großen Fenster des Saals gekippt, so dass nun ein steter Luftaustausch stattfinden konnte.

„Wie geht es Ihnen?", wollte die Polizeipräsidentin wissen.

„Danke, den Umständen entsprechend", gab Rottmann trocken zurück. Offenbar war es tatsächlich so, dass kleine

Schläge auf den Kopf das Denkvermögen anregten. Jedenfalls fiel Rottmann plötzlich ein, dass früher, in seiner aktiven Zeit, die scharfen Skalpelle, die für eine Obduktion benötigt werden, ordentlich aufgereiht am unteren Teil des Obduktionstisches lagen. Eine Sekunde musste er sich ausruhen, dann würde er sein Glück versuchen.

❖

Florian Deichler griff zum Hörer. Der Hauptkommissar hatte einen Anruf zu erledigen, der ihm sehr schwerfiel. Er hatte Elvira Stark versprochen, dass er sie auf jeden Fall noch am Samstag anrufen würde, um sie über den Stand der Fahndung nach Erich Rottmann zu informieren. Es war jetzt später Abend und es war heute nicht mehr mit neuen Ergebnissen zu rechnen.

Das Telefon hatte kaum geläutet, als Elvira auch schon abhob.

„Guten Abend, Frau Stark, hier Deichler. Wie versprochen rufe ich Sie an."

„Und?", kam es erwartungsvoll aus dem Hörer.

„Leider noch keine neuen Erkenntnisse. Wir haben alle Orte, an denen sich dieser Cinturafresa aufhalten könnte, durchsucht. Leider ohne Erfolg. Der Bursche ist wie vom Erdboden verschluckt. Aber machen Sie sich nicht verrückt. Wir bleiben am Ball. Es ist nur eine Frage der Zeit, bis wir ihn schnappen werden."

„Könnte es sich um eine Erpressung handeln?"

„Das glauben wir nicht. Es gab bisher keinerlei Nachrichten vom Entführer."

Elvira bedankte sich bei Deichler. Der Kriminalbeamte versprach ihr, sich sofort zu melden, wenn sich etwas Neues ergab.

Elvira ließ den Hörer sinken. Öchsle kam zu ihr und legte seinen Kopf auf ihr Knie. „Ich weiß, Öchsle, mir fehlt er genauso wie dir." Zärtlich kraulte sie ihn am Kinn.

Während sie so vor sich hingrübelte, kam ihr ein Gedanke. Stadtrat Nabenschlager hatte sie doch vor kurzem gebeten, Rottmann mitzuteilen, dass er Nabenschlager anrufen sollte. Vielleicht wusste der Stadtrat, in welchen Fall Rottmann seine Nase hineingesteckt hatte. Denn dass die Entführung mit einer von Rottmanns Ermittlungen zusammenhing, stand für sie außer Frage. Sie blätterte in ihrem Notizbuch, in dem sie auch ihre Telefonkontakte aufgeschrieben hatte. Tatsächlich hatte sie irgendwann einmal die private Nummer von Nabenschlager eingetragen. Ohne Zögern wählte sie.

Als sich die Stimme des Stadtrats meldete, fiel ihr ein Stein vom Herzen. Der Kommunalpolitiker hatte sehr viele Abendtermine. Dass er heute zuhause war, grenzte fast an ein Wunder. Elvira meldete sich, entschuldigte sich für die Störung und kam dann sofort auf ihr Anliegen zu sprechen.

„Was sagen Sie da? Erich ist entführt worden? Das ist ja schrecklich!"

„Ja, auch ich mache mir große Sorgen. Erich hatte doch in den letzten Tagen Kontakt mit Ihnen, weil Sie etwas Wichtiges mit ihm besprechen wollten. Hing dieses Gespräch vielleicht mit einem Kriminalfall zusammen, an dem Erich gerade arbeitet? Wenn Sie etwas wissen, dann sagen Sie es mir bitte. Vielleicht hilft das weiter."

Nabenschlager schwieg einen Augenblick, dann hatte er offenbar einen Entschluss gefasst. In knappen Sätzen umriss er, soweit es ihm möglich war, den Fall, an dem Rottmann zurzeit dran war. „Erich hat dabei eng mit einem gewissen Gottfried Meyer zusammengearbeitet. Das ist, soweit ich weiß, ein Bekannter aus der Rechtsmedizin. Liebe Frau Stark, mehr kann ich Ihnen leider auch nicht sagen. Ich hoffe, dass unser Erich bald wieder gesund und munter auftaucht."

Elvira bedankte sich bei Nabenschlager und legte auf. In ihrer Verzweiflung überlegte sie, ob sie diesen Gottfried Meyer anrufen sollte. Vielleicht wusste der etwas, was weiterhelfen konnte. Aber wie sollte sie an dessen Telefonnummer kommen? Der Name Meyer war nun nicht gerade eine Seltenheit. Nervös lief sie im Wohnzimmer auf und ab. Dabei blieb ihr Blick an Rottmanns Pfeife und seinem Handy hängen, die auf dem Sideboard lagen. Plötzlich klatschte sie sich mit der flachen Hand gegen die Stirn. Natürlich, das Handy! Das hatte sie ganz vergessen. Sicher hatte Erich die Nummer von Gottfried Meyer gespeichert. Sie nahm das Mobiltelefon in die Hand und drückte einen Knopf. Sie hätte jubeln können, das Gerät war eingeschaltet. Sie hatte selbst so ein Ding und wusste, dass sie im gespeicherten Telefonbuch nachsehen musste. Einen Augenblick später hatte sie die Nummer von Gottfried Meyer auf dem Display.

Meyer war natürlich verwundert, als er statt der erwarteten Stimme von Erich Rottmann die von Elvira hörte. Hastig schilderte sie Gottfried Meyer den Sachverhalt.

Meyer, der noch nichts von Rottmanns Verschwinden gewusst hatte, war betroffen. „Es tut mir leid, Frau Stark, aber wir hatten wegen eines Dr. Cinturafresa, eines Pathologen, miteinander zu tun …" Plötzlich unterbrach er sich. „Einen Moment mal bitte, ich bekomme da gerade eine SMS. Ich rufe Sie sofort wieder zurück." Schon hatte er aufgelegt.

Kurz darauf rief er an. „Frau Stark, ich muss leider dringend weg. Im Institut scheint etwas mit der Kühlanlage nicht in Ordnung zu sein. Das Gerät ist so programmiert, dass es mir bei einer Störung eine SMS auf mein Handy schickt."

Elvira Stark durchfuhr es wie ein Stromschlag.

„Kommt das häufig vor?“

„Nein, das letzte Mal war vor zwei Jahren.“

„Nehmen Sie mich bitte mit!“ Das war keine Bitte, sondern eine Forderung.

„Frau Stark, das geht leider nicht“, erwiderte Meyer.

„Nehmen Sie mich bitte mit. Ich habe so ein merkwürdiges Bauchgefühl. Sonst werde ich die Polizei verständigen.“

Meyer hatte wirklich keine Lust, wegen eines Störfalls in der Kühlung eine sinnlose Polizeiaktion auszulösen. Die Frau war ja völlig aufgelöst. Wenn er sie damit beruhigen konnte, sollte es ihm recht sein. „Also gut, ich bin in zehn Minuten in der Rosengasse.“

❖

Als Cinturafresa die Kühlkammer betrat, entfuhr ihm ein heftiger Fluch. Er sah die offene Tür zum Sektionssaal und Erich Rottmann, der schon fast den Sektionstisch erreicht hatte.

Rottmann biss sich vor ohnmächtiger Wut auf die Lippe. Fast hätte er die Messer erreicht gehabt. Der Pathologe stürmte auf ihn zu, packte ihn unter den Armen und zog ihn zu einem Stuhl in der Ecke des Sektionssaals.

„Von hier aus haben Sie einen Platz in der ersten Reihe“, stieß er gehässig hervor und zerrte ihn auf die Sitzfläche. „Bleiben Sie ruhig sitzen, oder Sie sind der Erste!“ Sein Blick ging zum Sektionstisch. Erich Rottmann durchlief ein eiskalter Schauer des Entsetzens. Cinturafresa schien sein Vorhaben jetzt in die Tat umsetzen zu wollen. Der Schock verschlug ihm die Sprache. Der Rächer ging zu einem Regal und holte ein Klebeband, mit dem er Rottmann an der Stuhllehne fixierte.

Der selbsternannte Rächer eilte in die Kühlkammer zurück und legte den Stoffbeutel mit der Schlange auf einen Beistelltisch im Sektionssaal. Die Schlange war jetzt offenbar wach!

Der Pathologe ging zu einem Haken und nahm eine weiße Gummischürze herunter, die er sich umband. Aus einem Regal nahm er eine Einwegkopfhaube aus Zellstoff und setzte sie sich auf. Anschließend griff er sich ein paar dicke gelbe Gummihandschuhe und zog sie an. Ohne zu zögern ging er in die Kühlkammer zurück. Rottmann hörte ihn sagen „Ladies first“, dann vernahm er das Klappern der rollenden Bahre.

„Um Gottes willen, Sie Wahnsinniger, hören Sie auf!“, schrie die Polizeipräsidentin in höchster Not.

„Lassen Sie die Frau! Nehmen Sie mich zuerst!“, versuchte Ewald von Thüngen einen heldenhaften Vorschlag. Cinturafresas Antwort war nur ein hässliches Lachen. Der Rächer schien die Verzweiflung seines Opfers richtig zu genießen.

Er fuhr die Rollbahre mit der weinenden Frau neben den Sektionstisch, ging auf die andere Seite des Tisches und zerrte sein Opfer mit einem Ruck auf die Edelstahlfläche. Dann fuhr er die leere Bahre in die Kühlkammer zurück und zog stattdessen jene mit Ewald von Thüngen so in den Eingang der Kühlkammer, dass der Mann die Vorgänge im Sektionssaal mitansehen musste.

Das Weinen der Frau und das Schimpfen und Fluchen der Männer prallte an Cinturafresa ab. Langsam trat er an die Seite des Tisches und griff nach einem Skalpell. Der Blick der Polizeipräsidentin richtete sich starr vor Schrecken auf die blitzende Klinge, dann fiel sie in eine gnädige Ohnmacht. Der Rächer ergriff unbeeindruckt die Bluse von Lioba Matjes an der Brust und schnitt mit einer lässigen Bewegung den Stoff ein Stück auf, so dass ihr Hals entblößt war. Nun legte er das Messer zur Seite und ergriff den Beutel mit der Schlange. Vorsichtig öffnete er das Zugband, das den Beutel verschlossen hielt. Sofort erschien der Kopf der Schlange in der Öffnung. Geschickt griff Cinturafresa zu und packte sie dicht hinter dem Kopf.

Dann zog er das Reptil völlig heraus und hielt es mit erhobenen Händen über sein regungsloses Opfer. „Meister, sieh hier das Opfer deiner Rache!"

In diesem Augenblick geschahen mehrere Dinge gleichzeitig, die so schnell abliefen, dass die Beteiligten hinterher nicht mehr sagen konnten, was zuerst passiert war.

Bei seinen Worten hatte sich der Pathologe bis auf einen Meter Rottmann genähert, der in seiner Verzweiflung einen letzten Versuch startete, die Polizeipräsidentin zu retten. Obwohl der Exkommissar fest an die Stuhllehne gefesselt war, konnte er sich mit den Fußspitzen vom Boden abstützen. Dies nutzte er, um sich über diesen Hebel mit der vollen Wucht seines bemerkenswerten Körpergewichts nach vorne zu werfen. Dabei rammte er Cinturafresa so heftig, dass dieser aus dem Gleichgewicht geriet, mit einem heiseren Schrei zur Seite stürzte und dabei die Schlange fallen ließ.

Im gleichen Augenblick wurde die zweite Tür zum Sektionssaal aufgerissen und Gottfried Meyer erschien auf der Bildfläche. An ihm vorbei drängelte sich, laut bellend, Öchsle, der sich sofort jaulend auf Erich Rottmann warf.

„Vorsicht, die Schlange!", brachte Rottmann hervor, der neben dem zappelnden Cinturafresa auf dem Boden lag. Von seiner niedrigen Warte aus konnte er das bleiche Gesicht von Elvira Stark sehen, die mit weit aufgerissenen Augen das Geschehen von der Tür aus beobachtete.

Gottfried Meyer eilte zu Rottmann und richtete ihn zusammen mit dem Stuhl wieder auf.

„Pass auf Cinturafresa auf!", warnte der Exkommissar. „Er hat eine Giftschlange. Öchsle, du bleibst hier!" Der Rüde wollte sich wütend auf den Pathologen stürzen, der sich auf dem Boden wand.

„Sie hat mich gebissen! Sie hat mich gebissen!", jammerte

der Rächer plötzlich erbärmlich und hielt sich den Hals, wo zwei leicht blutende Bisswunden zu erkennen waren. Die Schlange selbst war nicht mehr zu sehen.

Meyer kümmerte sich zunächst um Rottmann und befreite ihn von seinen Fesseln.

„Mein Gott, Gottfried, dich schickt der Himmel", stöhnte Rottmann und rieb sich die Arme, um die Blutzirkulation anzuregen. „Wir müssen die Polizei und den Rettungsdienst verständigen. Außerdem einen Spezialisten, der die Schlange einfängt. Und Cinturafresa braucht ein Gegengift, sonst wird er sterben."

Während Meyer telefonierte, trat der Exkommissar zur noch immer bewusstlosen Polizeipräsidentin und band sie los. „Elvira, könntest du dich bitte um Frau Matjes kümmern. Ich werde Herrn von Thüngen befreien."

Erst jetzt sah Elvira, dass auf einer weiteren Rollbahre noch ein gefesselter Mann in einem Nachthemd lag.

Öchsle hatte sich mittlerweile vor dem noch immer auf dem Boden liegenden wimmernden Rächer aufgebaut und knurrte ihn zornig an.

Wenig später traf die Polizei ein. Florian Deichler war auch verständigt worden.

„Mein Gott, Erich, in was für einen Schlamassel bist du denn da wieder geraten?", konnte er nur kopfschüttelnd feststellen. Dann sorgte er dafür, dass Dr. Cinturafresa festgenommen wurde. Der eingetroffene Notarzt setzte sich mit der Einsatzzentrale in Verbindung, damit diese so schnell wie möglich ein geeignetes Gegengift organisierte. Dann wurde Cinturafresa weggeschafft.

Auch Lioba Matjes und Ewald von Thüngen kamen ins Krankenhaus, um dort untersucht zu werden. Zuvor bedankten sich die beiden herzlich bei Rottmann, Meyer und Elvira für ihre Rettung.

Eine halbe Stunde später erschien Dr. Marstal, der Schlangenexperte. „Man hat mir gesagt, ich solle wieder mal eine Schlange einfangen?“ Wenig später hing die Boomslang schlaff über dem Schlangenhaken und ließ sich anstandslos in ihrem Beutel verstauen. Sie hatte sich in die Kühlkammer geflüchtet, wo sie aufgrund der dort immer noch herrschenden Kälte wieder in eine Starre gefallen war. Nachdem Marstal sie eingesackt hatte, meinte er: „Falls wieder einmal Bedarf besteht, gerne zu Ihren Diensten. Man kann in Würzburg seltenere Schlangen fangen als in den Tropen.“ Er winkte und verließ den Schauplatz.

Selbstverständlich wollte der Notarzt auch Erich Rottmann stationär einweisen, was dieser aber vehement ablehnte. Lediglich ein Klammerpflaster ließ er sich auf seine Kopfwunde kleben. Anschließend wurde Rottmann mit Elvira und Öchsle von einer Streife in die Rosengasse gefahren. Nachdem sie dort ausgestiegen waren und sich der Streifenwagen entfernt hatte, meinte Elvira leise: „Erich, ich habe wirklich Sterbensangst um dich gehabt. Komm doch bitte mit rauf, ich möchte dich jetzt nicht allein lassen.“

Erich Rottmann fuhr sich langsam über das Gesicht. „Gern, Elvira, gegen einen stärkenden Schoppen hätte ich jetzt wirklich nichts einzuwenden.“

Erfreut öffnete Elvira die Haustür.

Als sie bei einem Glas Silvaner auf der Couch saßen, erzählte Erich Rottmann Elvira die ganze Geschichte. Jetzt erst wurde beiden bewusst, in welch großer Gefahr Erich Rottmann und seine beiden Mitgefangenen geschwebt hatten. Schließlich erhob Erich Rottmann sein Glas: „Elvira, ich bin zwar manchmal ein etwas ungehobelter Klotz, aber ich weiß sehr wohl, dass ich meine Befreiung dir zu verdanken habe. Dafür mein herzliches Vergelts Gott und auch für die Betreuung von Öchsle." Er hob das Glas und sie stießen an. Plötzlich, und für Elvira völlig unerwartet, beugte sich Erich Rottmann vor und gab Elvira einen herzhaften Kuss auf den Mund.

Die Fränkin war von diesem spontanen Beweis der Zuneigung so überrascht, dass sie knallrot anlief. „Aber … Erich …", brachte sie nur stotternd hervor.

Rottmann grinste, dann meinte er: „Schließlich muss ich mich bei dir bedanken, dass du mich von dieser Kälte erlöst hast. Noch ein paar Stunden in diesem Kühlraum und du hättest mich Erika nennen können." Er musste herzhaft lachen.

Elviras Gesicht glühte vor innerer Erregung. Sie musste sich sehr zusammenreißen, dass sie das zarte Pflänzlein, das Erich Rottmann gerade gepflanzt hatte, nicht durch Drängen wieder zerstörte. Sie dachte an das im Kurs Erlernte und sagte: „Lieber Erich, das habe ich alles doch gern getan. Es freut mich, dass es dir wieder besser geht. Ich denke, es ist gut, wenn du dich jetzt einmal richtig ausschläfst. Es würde mich freuen, wenn wir morgen gemeinsam im Brückenbäck frühstücken könnten. Ich würde dich dazu gern einladen."

Sie konnte spüren, dass Erich Rottmann leicht verwundert war. Eigentlich hatte er es gar nicht eilig gehabt zu gehen. Er trank seinen Schoppen aus und erhob sich. Elvira übergab ihm seine Pfeife und sein Handy, dann brachte sie ihn zur Tür. Bevor er die Schwelle überschritt, nahm sie überraschend seinen Kopf in ihre Hände und gab ihm einen zarten Abschiedskuss. Dann schloss sie schnell die Tür.

Draußen vor dem Haus blieb Erich Rottmann nachdenklich stehen. „Öchsle, kannst du das verstehen? Ich sag's ja immer: Die Frauen bleiben für mich ein Mysterium. Ich vermute mal, dass ich heute ein bisschen zu stürmisch war. Wie mers mecht, mer mecht's verkehrt!“

Öchsle quittierte diese Aussage seines Menschen mit einem freundlichen Schwanzwedeln. Dieser Menschenkram interessierte ihn im Augenblick nur am Rande. Er wollte jetzt eine ordentliche Portion Futter haben und sich dann nur noch in sein Körbchen legen.

Wie alles anfing

Sehr geehrte Damen und Herren,

anliegend übermittle ich Ihnen mein Grobkonzept für eine Regionalkrimi-Reihe mit dem Arbeitstitel „Der Schoppenfetzer“.

Der Schoppenfetzer ist der Würzburger Pensionist und Weinliebhaber Erich Rottmann, ehemaliger Kriminalbeamter, der es einfach nicht lassen kann. Er ist Gründungsmitglied des Weinstammtisches „Die Schoppenfetzer“.

Rottmann ermittelt auf eigene Faust auf seine Weise ungeklärte Kriminalfälle. Die Bücher sollen spannend, aber nicht unnötig gewalttätig sein. Rottmann ist ein typischer Unterfranke, seine Methoden etwas skurril.

Auszug aus dem Schreiben,
das Günter Huth am 26. August 2002
an den Verlag geschickt hatte

Lieber Günter Huth,

wer hätte es damals – im Herbst 2003, als Erich Rottmann und sein vierbeiniger Begleiter Öchsle ihren ersten Kriminalfall in Würzburg lösten – für möglich gehalten, dass der Schoppenfetzer die Herzen seiner Leser in dem Maße erobert?

Mittlerweile zählt diese außerordentlich erfolgreiche Krimi-Reihe zehn Bände – zehnmal hast Du uns mit Deinen anscheinend unerschöpflichen Einfällen spannende Geschichten beschert und für unterhaltsame Lektüre gesorgt.

Dafür sage ich Dir meinen herzlichen Dank.

Dein Verleger und Freund Peter Hellmund

auch im Namen der zahlreichen Leserinnen und Leser
Deiner vergnüglichen Schoppenfetzer-Geschichten

Die *Schoppenfetzer*-Krimis

von Günter Huth aus dem Buchverlag Peter Hellmund

Band 1
Der *Schoppenfetzer* und die Silvanerleiche
159 Seiten · Broschur · ISBN 978-3-9808253-2-0

Band 2
Der *Schoppenfetzer* und der Tod des Nachtwächters
167 Seiten · Broschur · ISBN 978-3-9808253-4-4

Band 3
Der *Schoppenfetzer* und das Rotweingrab
156 Seiten · Broschur · ISBN 978-3-9808253-6-8

Band 4
Der *Schoppenfetzer* und das Riesling-Attentat
159 Seiten · Broschur · ISBN 978-3-9808253-8-2

Band 5
Der *Schoppenfetzer* und der Henkerswein
157 Seiten · Broschur · ISBN 978-3-939103-03-5

Band 6
Der *Schoppenfetzer* und der Messweinfluch
165 Seiten · Broschur · ISBN 978-3-939103-09-7

Band 7
Der *Schoppenfetzer* und die Weindorftoten
159 Seiten · Broschur · ISBN 978-3-939103-15-8

Band 8
Der *Schoppenfetzer* und die Bacchus-Verschwörung
157 Seiten · Broschur · ISBN 978-3-939103-22-6

Band 9
Der *Schoppenfetzer* und die Rache des Winzers
157 Seiten · Broschur · ISBN 978-3-939103-25-7

www.der-schoppenfetzer.de

Im Echter Verlag sind die *Schoppenfetzer*-Geschichten erschienen

Der *Schoppenfetzer*
und seine mörderische Weihnacht
110 Seiten · Broschur
ISBN 978-3-429-02813-8

Der *Schoppenfetzer*
und seine weinfränkischen Stammtischgschichtli
128 Seiten · Broschur
ISBN 978-3-429-02910-4

Der *Schoppenfetzer*
und seine weinfränkischen Kellergschichtli
128 Seiten · Broschur
ISBN 978-3-429-03137-4

Auch zum Hören –
vom Autor gelesen

Der *Schoppenfetzer*
und seine weinfränkischen Stammtischgschichtli
Audio-CD · 64 min. Spielzeit
ISBN 978-3-429-03139-8

Der *Schoppenfetzer*
und seine weinfränkischen Kellergschichtli
Audio-CD · 72 min. Spielzeit
ISBN 978-3-429-03138-1

Günter Huth
Der *Schoppenfetzer* und die Satansrebe

Gestaltet von Peter Hellmund
Gedruckt und gebunden von Pustet in Regensburg

Lektoriert von Claudia Krug und Monika Thaller

Erste Auflage 2011
ISBN 978-3-939103-34-9

www.buchverlag.hellmund.de